CONSEIL INTERNATIONAL DE LA CHASSE

# LE CHASSEUR ET LA MORT

PAR

Louis de Rohan Chabot, André Damien, *membre de l'Institut*,
Chantal Delsol, Marie de Hennezel,
Anne-Marie Le Pourhiet, François d'Orcival,
Philippe Dulac, Bruno de Cessole, Raphaël Abrille,
Pierre-Édouard de Bruchard et Moulay Youssef Alaoui.

Préface de Gérard Larcher,
*Ministre délégué aux relations du travail*



LA TABLE RONDE
14, rue Séguier, Paris 6e

ISBN 2-7103-2801-1.

*Le symposium européen « La chasse, une exception culturelle dans la vision contemporaine de la mort » s'est tenu à Rambouillet, le 23 septembre 2004. Ses débats ont été dirigés par Vincent Redier, président du groupe AON en France, et par Jacques-François de Chaunac-Lanzac, directeur de la Fondation de la Maison de la Chasse et de la Nature. Les tables rondes ont été conclues par Gérald de Roquemaurel, président du Club de la Maison de la Chasse et de la Nature et président du groupe Hachette Filipacchi Médias.*

# Sommaire

### II. REGARDS



### III. DISCUSSION



### ANNEXES

# Avant-propos

*LOUIS DE ROHAN CHABOT*

« Peu de gens connaissent la mort, disait La Rochefoucauld dans ses *Maximes* : on ne la souffre pas ordinairement par résolution, mais par stupidité et coutume ; et la plupart des hommes meurent parce qu'on ne peut s'empêcher de mourir. » Le moraliste semble vouloir signifier que, fort curieusement, la plupart d'entre nous se désintéressent du destin, pourtant à la fois le plus commun et le plus singulier qui nous soit imparti et l'excluent frileusement de leur réflexion, pensant sans doute bien naïvement l'exorciser par là même.

Nous nous sommes donc posé la question : l'activité et le statut du chasseur, riche d'une expérience particulière de familiarité avec la mort, que d'aucuns lui reprochent d'ailleurs avec la véhémence que l'on sait, ne pourraient-ils pas lui permettre d'apporter une esquisse de démenti à cette sentence, nous aidant ainsi à renouer l'indispensable dialogue avec l'ultime inconnu, authentique privilège de la nature humaine...

N'est-il pas permis d'avancer que l'exercice consciemment et dignement pratiqué de la chasse serait précisément l'une des occasions données à l'homme de penser authentiquement sa fin et de s'apprêter à la souffrir « par résolution » et non « par stupidité et coutume » ? En un juste retour, le chasseur ne devrait-il pas se sentir redevable d'une méditation sur la mort de sa proie, hâtivement proclamée irréfléchie ?

Si fondées soient-elles, les traditionnelles et sempiternelles justifications de l'exercice cynégétique suffisent-elles à rendre compte du sens véritable d'une pratique ancestrale, longtemps tenue pour sacrée ? Peut-on s'en tenir, en guise de défense et illustration de la chasse, à la fonction régulatrice de celui qui s'y adonne, présentée comme auxiliaire de la nature et garant du grand équilibre biologique, tout uniment dispensateur de la mort et passeur de la vie ?

N'avons-nous pas oublié, par exemple, les vertus symboliques d'un exercice qui dans l'Antiquité avait valeur de rite de passage menant, à lui seul, de l'adolescence à la maturité ? La chasse ne nous rappellet-elle pas, aujourd'hui plus que jamais sans doute, et plus qu'aucune autre activité humaine, que la vie et la mort ont partie liée ?

N'y aurait-il pas dans toute réflexion sur la chasse, quels qu'en soient le prétexte, l'occasion et l'objectif avoué, un contenu latent ? N'ouvrirait-elle pas naturellement, et comme malgré elle, sur une perspective que nous oserions dire ontologique, menant finalement à la question de l'être, au moyen de décantations successives et d'un élargissement continu du cercle pensé de la vie et de la mort ?

Au-delà de ses interventions très concrètes, notamment en faveur de la protection de la faune et de son environnement, le Conseil International de la Chasse et de la Conservation du Gibier se préoccupe de donner un fondement théorique à son action et d'en assurer l'indispensable prolongement spéculatif. Voilà pourquoi les dirigeants de la Délégation française ont suscité une réflexion sans complaisance sur les véritables enjeux de la chasse.

Il s'agit notamment, et en tout premier lieu, de ce qui a trait au plus profond des relations de l'homme prédateur à son ultime vérité : l'image de sa propre mort que lui renvoie celle de sa cible. Ce fut le thème du deuxième symposium organisé par le CIC à Rambouillet le 23 septembre 2004.

D'éminentes personnalités, appartenant aux horizons les plus divers, vinrent apporter la décisive contribution de leur talent à la formulation de ces interrogations majeures et à l'élaboration de leurs premières réponses.

Par leur qualité et la hauteur de vues dont elles témoignent, les brillantes interventions qui ont éclairé cette journée d'automne méritaient d'être ici rassemblées à l'intention du grand public.

*Louis de Rohan Chabot est président de la Délégation française du Conseil International de la Chasse et de la Conservation du Gibier (CIC).*

PRÉFACE

# La Nature est un temple…

## *GÉRARD LARCHER*

Ministre délégué aux relations du travail

La taille d'un silex pour le rendre coupant et pointu, c'est déjà chercher à transformer un caillou en arme, en couteau. La pierre taillée permettait à la fois de se défendre et de lutter contre le danger que représentaient les grands animaux sauvages et, tout autant, permettait de lutter contre la faim, l'arme assurant à la chasse une plus grande efficacité. Les peintures de Lascaux ou d'Altamira sont toujours là, des milliers d'années après, pour illustrer ce propos et nous donner une représentation des rituels de la chasse.

Dès que l'on parle de chasse, on entre dans le domaine de la passion et quand on parle de chasse à courre, on est encore plus dans la symbolique. La symbolique de la chasse est fortement marquée par des connotations, qui vont des pratiques magiques les plus primitives, aux plus ardentes métaphores spirituelles, littéraires ou religieuses, passant par les cérémonials les plus accomplis.

La chasse à cor et à cri, cette tension vers un objet, cet outil absolu des circonstances environnantes et des obstacles, sont des sentiments que l'on éprouve à la poursuite d'une idée comme à la poursuite d'un animal. Le cerf est un peu comme le Graal, conquête rêvée, conquête difficile. Au milieu de la chasse et de la quête, une fulgurance religieuse vous arrête, une croix lumineuse entre les bois du cerf et alors le chasseur, pécheur, mais au sens de sa responsabilité devant Dieu, tombe à genou.

Du sacrifice du fils d'Abraham, que Dieu ne demandait pas mais qu'il remplace par l'agneau offert, au cerf de saint Hubert, n'y a-t-il pas et… je m'aventure dans une pensée très personnelle, le passage du mortel à l'éternel, de l'Ancien Testament au Nouveau Testament et donc de la mort à la résurrection. La mort de l'animal ne nous renvoie-t-elle pas à l'image de notre propre mort ? Ne serait-ce pas là une des sources d'un certain rejet collectif de la chasse dans notre monde urbain d'aujourd'hui, qui délègue de plus en plus la mort des siens à des institutions, hôpitaux, maisons de retraite, funérariums publics, oubliant chambres funéraires, visites et veillées familiales ? Le passage est institutionnel, il n'est plus humanisé, les chasseurs le savent, ce qui compte dans la quête, dans la battue, ce n'est pas tuer un animal, cette mise à mort ne nous met-elle pas en « correspondance » ?

« La nature est un temple où de vivants piliers laissent parfois sortir de confuses paroles. L'homme y passe à travers des forêts de symboles qu'il observe avec des regards familiers » (Baudelaire). La fonction économique ou alimentaire de la chasse est devenue depuis bien longtemps seconde, devant sa fonction sociale d'identité et de solidarité. La chasse « rassemble », au tableau, à la curée, elle est alors récolte comme une fête des moissons et comme une fête des moissons, c'est une espérance de renouveau. Permettez-moi de vous laisser partager ce que Pascal écrivait et qu'Alexandre Dumas a mis en exergue de son ouvrage : « Ils ne savent pas que ce n'est que la chasse et non pas la prise qu'ils recherchent. »

# I

# *CONSTATS*

# La chasse, cette exception culturelle...

*ANDRÉ DAMIEN*

Membre de l'Institut

« Tu ne tueras point » (*Exode*, 20, 13). La mort fait peur à l'homme en ce qu'elle est une rupture, un terme mis à l'existence humaine sous la forme que nous connaissons. Point final ? Ou passage vers un autre mode d'existence, la réponse dépend essentiellement de la conception que l'on se fait de l'au-delà de la mort. Résurrection, réincarnation, néant... La question est angoissante même si dans certains cas la réponse est pleine d'espérance. Car la mort est un pas vers l'inconnu même pour le croyant, dont la foi peut hésiter devant « l'enjeu », car elle est rupture avec tout ce qui nous fait, et tous ceux pour qui nous existons.

La mort hante l'homme dès sa prise de conscience de la vie. Car, grâce à l'expérience humaine et à la répétition implacable du phénomène de la mort, annoncée par le vieillissement, l'homme sait, dès sa naissance, que la vie est l'annonce de la fin de celle-ci. D'où l'angoisse de l'homme pour lui-même et par l'exemple des autres qui sont déjà morts. C'est la formule employée dans les discours d'enterrement, où l'on parle de « celui qui nous a quittés ». Dès qu'il y a homme, il y a volonté de survie du corps et d'autre chose mal définie, mais présente. D'où l'existence de rites funéraires, rites de sépulture, qui sont d'ailleurs le signe de l'humanité. Il y a homme dès qu'il y a sépulture, d'où les rites d'embaumement à la fois pour conserver le corps et pour assurer des rites de passage de la vie à une autre vie, d'où le thème du « schéol », premier pas vers la résurrection pressentie par les Pharisiens, à la différence des Saducéens qui ne croyaient pas à la survie de l'être humain.

Ces rites de survie sont d'ailleurs souvent accompagnés par une volonté de survie de l'image, ce sont par exemple les portraits du Fayoum, si saisissant de vie par ce regard vers l'au-delà, dont une partie est conservée au musée de Dalem, dans l'île des musées à Berlin.

À la différence de l'homme, l'animal n'a pas conscience de sa mort inéluctable, l'instinct ne comporte pas de prise de conscience de la mort, même l'isolement du « vieux mâle » n'est pas une prise de conscience de la mort inéluctable ; il peut y avoir chez l'animal une crainte de la douleur subite mais pas de mémoire de la disparition inéluctable de chaque individu. L'animal a une expérience, la faim, le froid, l'instinct de reproduction, l'instinct de conservation, la fuite des prédateurs, mais il n'a ni conscience ni pressentiment de la mort, inéluctable à toutes les espèces.

Le philosophe allemand Husserl écrit avec justesse : « Chaque génération animale répète avec la typique propre de son espèce, le savoir-faire de la bête est instinctif comme en témoignent les abeilles. Les animaux ne font pas d'expérience, faute d'une conscience de l'unité de leur vie et de l'unité du temps, n'ayant pas conscience de la suite des générations. Ils n'ont pas un véritable monde environnant commun, ils ne possèdent ni véritables souvenirs ni représentations plurielles imaginaires intuitives, ni images anticipatrices du futur, ni chemins intuitivement représentés. Leur conscience n'atteint pas la connaissance d'un monde, comprenant des choses subsistantes et persistantes dans le temps. L'homme est le seul être au monde qui sait qu'il doit mourir. Et c'est ce savoir sur la mort qui empoisonne sa vie parce qu'il donne nécessairement l'ouverture sur d'autres questions. L'animal périt mais ne meurt pas, faute d'avoir les moyens de se constituer un savoir anticipé sur la mort, il aboutit à celle-ci, vit cette ultime étape comme toutes les autres péripéties qui ont façonné sa vie. L'animal appartient non pas au mortel, mais à la terre. Les mortels sont les hommes, on les appelle mortels parce qu'ils peuvent mourir. Mourir signifie être capable de la mort en tant que mort, les hommes savent mourir, l'animal périt. »

La volonté de survie de l'animal qui fuit, qui met en jeu toutes ses défenses, qui se met en boule, qui use de ruse, pour se dissimuler contre un danger, qui brouille sa piste ou émet des cris apeurés, n'exprime pas la crainte de la mort dont il n'a pas conscience, mais la volonté d'éviter un danger pressenti comme imminent et la fuite d'une douleur possible.

À l'époque contemporaine, la vision de la mort de l'homme s'est modifiée chez les êtres humains. Ce n'est pas la première fois dans l'histoire. Les danses macabres que l'on retrouve dans les fresques des églises et qui sont la prise de conscience de la mort inéluctable, liée à la grande peste d'Occident, ont donné naissance à un pessimisme fondamental, dont certains rites funéraires ou certaines pratiques religieuses de l'Église catholique sont encore les témoins.

À notre époque, la société évacue les rites de la mort qui accompagnent cette rupture et tente d'en limiter les conséquences pour autrui. Les « litres » funéraires qui paraient les demeures frappées par la mort, les cortèges, les corbillards empanachés, les offices solennels du type funérailles nationales, sont en voie de disparition ; on ne conserve même plus en famille, et notamment pour une veillée funèbre, le corps du défunt, on l'évacue au plus vite vers un funérarium. La mort devient un « non-événement » que la société tente d'évacuer au plus vite pour retrouver le rythme étourdissant et anesthésiant de la vie moderne. Il ne faut plus y penser, la vie continue...

Or, au moment même où la mort des hommes est évacuée comme un trouble passager et un peu dérangeant, on chasse pour tuer. Alors qu'il n'y a plus de mort en soi, voici une volonté de mort pour l'autre, l'animal, c'est la chasse. Le mot est antique et l'étymologie nous renseigne sur sa véritable nature. Il y a deux mots latins pour répondre à l'action de chasse, le premier c'est *captiare* qui se prononce « *chassiaré* », mot repris dans toutes les langues romanes et qui a fini par prévaloir sur le vrai mot latin qui est « *venari* », lequel a donné son nom à vénerie, la chasse aristocratique et noble, à la différence de la chasse au lapin ou de la chasse à la casquette des compagnons de Tartarin.

La justification de la chasse en morale est aisée dans son principe, le père Brouillard de la Compagnie de Jésus nous l'explique avec facilité. La chasse consiste à se défendre contre des animaux féroces ou nuisibles, à utiliser les animaux comme nourriture, qu'ils soient sauvages ou domestiques, et enfin à se livrer à une activité où l'on déploie toute son habileté dans la poursuite et la prise du gibier. Cette dernière activité tend à prédominer dans les sociétés évoluées, dès lors qu'il y a peu ou moins d'animaux sauvages et que de toute façon il y a d'autres moyens de se procurer de la nourriture que par la chasse ; l'abattoir nous fournit abondamment en viande, sans aucun contact entre le consommateur et l'animal consommé.

L'aspect prédominant de la chasse, qu'elle soit aux lapins ou aux animaux sauvages, est à caractère sportif et non plus économique, mais se pose alors la question du droit de tuer et de sa légitimité. Les moralistes ont toujours mis en garde ceux qui se réclament d'une morale élevée contre certains aspects de la chasse.

C'est la raison pour laquelle l'Église catholique, dans l'ancien Code de droit canon, au canon 138, interdisait la chasse aux clercs et distinguait deux chasses, « *la clamarosa* » – c'est le mot qu'utilise le pape Benoît XIV, ou chasse à courre, dont il dit « *nunquam exerceant* » – que les clercs ne s'y livrent jamais – et la chasse dite « *quieta* », même avec l'utilisation d'un fusil de chasse et pas seulement d'un arc et de flèches, « *ne indulgeant* », dit le pape, qui est une référence aux usages locaux et à la prudence que doit avoir un évêque vis-à-vis de l'attitude de ses clercs qui chassent. Mais en morale, la question n'est pas résolue pour autant, si elle l'est en droit canon.

Pourquoi l'homme peut-il tuer l'animal, même non nuisible, pour se nourrir, alors qu'il n'a pas le droit de tuer en soi, comme nous le rappelait le verset de l'*Exode* cité plus haut et qui fait partie des commandements de Dieu, révélé par Dieu à Moïse sur le Sinaï ? Pour une raison bien simple, c'est que les êtres inférieurs sont dans la Création destinés au service des êtres supérieurs. L'homme est roi de la création et a donc le droit de s'en servir. C'est l'argument de saint Thomas dans la *Somme théologique, Prima Questio,* 96 article 1, c'est un commentaire du psaume VIII dans lequel étudiant la nature de l'homme, le psalmiste dit à Dieu : « Tu l'as voulu un peu moindre qu'un dieu, tu l'établis sur toutes les œuvres de tes mains, tu mets toutes choses à ses pieds, les troupeaux de bœufs et les brebis, de même, les bêtes sauvages, les oiseaux du ciel et les poissons de la mer. »

Pour autant, la chasse doit être menée, nous disent les moralistes, avec une grande prudence morale, comme d'ailleurs tous les actes humains, avec modération et maîtrise de la passion, que la chasse excite aisément et qui peut être la source d'inutiles cruautés, c'est toujours le père Brouillard, de la Compagnie de Jésus, qui nous enseigne ces attitudes nécessaires pour un moraliste chrétien. Or cette théorie passe de moins en moins dans notre société devenue sensible, jusqu'à la sensiblerie.

D'abord, par le contact avec les multiples animaux domestiques, aimés, chéris, dominateurs, qui se sont installés dans les appartements modernes, pour la joie des enfants et la consolation des vieillards, parce que le courant sensible finit par donner aux animaux une sorte d'âme en réduction, qui rend leur mort déchirante et dont Brigitte Bardot s'est fait l'interprète avec tout son talent.

D'autre part, on assiste à un rejet légitime de la souffrance spectacle, qui aboutira bientôt à la suppression d'une tradition aussi ancienne que la corrida dans l'univers du midi de la France et de l'Espagne. La sensiblerie de nos contemporains, moins sensible d'ailleurs aux tueries humaines, telles celles du Rwanda, qu'aux corridas, manifeste une singulière confusion dans les esprits. Mais il n'en demeure pas moins que la chasse sport se terminant par la mort de l'animal heurte la sensibilité de nombreux contemporains.

Or ceci est absurde sur un plan simplement écologique, dans la mesure où s'il n'y a pas de chasse, il y aura un pullulement de toutes les espèces, un dépérissement de la qualité des races d'animaux sauvages. Mais cette sensiblerie doit être scrutée avec attention, car il est vrai que la chasse désordonnée, la chasse passion, qui peut exciter aisément comme le dit le père Brouillard, d'inutiles cruautés, peut durcir le cœur de l'homme et lui faire prendre une jouissance à la mort d'un être vivant. Elle peut également réjouir le cœur d'hommes peu équilibrés, par la découverte du pouvoir inouï de tuer, c'est-à-dire de retirer cette chose qui n'a pas été créée par l'homme, qu'est la vie.

Et insensiblement on passerait de l'animal à l'être humain et notamment à travers les malades mentaux, l'étranger, l'ennemi, le prisonnier et puis simplement la découverte de la souffrance gratuite telle qu'elle est infligée par sadisme idéologique dans un certain nombre de pays de notre planète. C'est pourquoi, dans cette crainte générale de la mort, qui est dans nos gènes et qui est la désobéissance au commandement universel, « tu ne tueras point », la chasse constitue psychologiquement une exception culturelle, mais qui doit être considérée et utilisée avec précaution et prudence, car psychologiquement la tentation est grande de passer du chasseur qui chasse pour se défendre contre un animal sauvage ou se nourrir, au tireur habile et sportif qui ne veut pas se contenter d'un pigeon d'argile, car la mort donne un enjeu plus important à son habileté ; c'est ce qui constitue cette particularité psychologique et cette méthode d'action blâmable de certains chasseurs, ceux qu'on appelle les « viandeurs ».

Nos viandeurs seraient d'ailleurs très étonnés si on leur faisait découvrir leurs motivations profondes psychologiques, voire psychanalytiques. C'est pourquoi l'Église catholique a fait preuve d'une grande prudence en morale et dans le droit canon, vis-à-vis de la chasse et notamment en honorant deux saints, saint Eustache et saint Hubert, qui sont, d'ailleurs, le doublet l'un de l'autre, qui ont été convertis par la chasse à travers la vision du Christ en croix, dans les bois du cerf qu'ils poursuivaient. La chasse est donc une exception culturelle à la crainte de supprimer la vie qui fait partie des impératifs fondamentaux de l'être humain, en exaltant une perception de la puissance qui se manifeste dans le fait de donner la mort, même si ce n'est qu'un animal et qui peut procurer un certain plaisir polymorphe et ambigu de mettre à mort quels qu'en soient les motifs invoqués.

La conclusion peut être tirée aisément du beau texte de Marcel Nousille, un philosophe qui sait penser sur la chasse, « nos cultures contemporaines, parce qu'elles s'éloignent de la vie naturelle dans les campagnes ou les forêts, donnent l'apparence de prendre distance avec les vieux archétypes. Il n'est pourtant pas certain qu'elles ne les réinventent pas sous des formes nouvelles qu'il serait intéressant de décrypter.

» Si la chasse est une exception culturelle dans la vision contemporaine de la mort, elle peut être également une ouverture sur notre propre conscience humaine et sur notre âme. »

*André Damien, conseiller d'État honoraire, membre de l'Institut (Académie des sciences morales et politiques), est lieutenant de France de l'ordre du Saint-Sépulcre de Jérusalem.*

# Notre société face à la mort

*MARIE DE HENNEZEL*

Notre société a refoulé la mort. Celle-ci est souvent perçue comme une abstraction et, lorsqu'elle survient, on est tenté de l'entourer du plus de discrétion possible, comme si on voulait l'oublier au plus vite. Une des expressions de ce refoulement est le transfert massif qui s'est opéré ces cinquante dernières années de la mort à domicile vers la mort à l'hôpital. Le tissu social, les familles n'assument plus aujourd'hui leur rôle humain d'être le proche de celui qui meurt. On confie à l'hôpital nos mourants, pour des raisons sociologiques (exiguïté des logements, familles éclatées, travail des femmes) mais aussi parce que nous avons perdu la culture de l'accompagnement : on ne sait plus veiller un mourant, nous avons perdu les mots, les gestes qui permettent au mourant de s'arracher sans trop de violence à la vie pour partir. Nous avons perdu les rites qui apaisent, et nous passons à côté de cette expérience forte et profonde qu'est l'accompagnement jusqu'à la mort.

La mort est donc de plus en plus médicalisée. Plus de 75 % des gens, en France, meurent à l'hôpital. Dans la moitié des cas (comme l'annonce une étude publiée par *The Lancet* en août 2002), la mort est consécutive à une décision médicale, donc à un geste (arrêt des thérapeutiques, traitement de la douleur, et parfois geste euthanasique). Les deux premiers gestes que nous citons relèvent d'une bonne médecine soucieuse de ne pas être dans l'obstination déraisonnable et de soulager les souffrances même au risque d'écourter la vie. Le troisième geste qui consiste à donner délibérément la mort ne relève pas de la fonction soignante et constitue une transgression de l'interdit de tuer.

Cette médicalisation croissante de la mort n'a rien d'étonnant puisque la médecine permet, grâce à ses progrès, de prolonger considérablement la vie, dans des conditions qui ne sont pas toujours éthiquement acceptables. La vision d'agonies interminables, de personnes inconscientes maintenues en vie par des machines, ou de personnes âgées grabataires, incontinentes, réclamant la délivrance de la mort, et néanmoins nourries contre leur volonté par sonde gastrique, attachées dans leur lit, ces images hantent nos populations et sont pour beaucoup dans les peurs qui traversent le corps social. Elles éveillent l'angoisse de la souffrance et l'appréhension de la déchéance.

« L'enfer est désormais ce qui précède la mort, mais pas ce qui vient après », disait récemment la sociologue Danièle Hervieu-Léger, devant la mission parlementaire sur l'accompagnement de la fin de vie.

Nos sociétés contemporaines portent donc sur la fin de vie un regard chargé de déni et de peur. Ces évolutions sont régulièrement mises en lumière dans des contextes particuliers et très médiatisés. Nous pensons par exemple à l'affaire Vincent Humbert qui a eu de fortes répercussions émotionnelles. Les sondages révèlent alors l'aspiration de la population à une mort simple, rapide, la moins douloureuse possible. On ne veut pas se voir mourir. On ne veut pas peser sur ses proches ni sur la société, on veut être libre et exercer une certaine maîtrise sur sa mort. On veut une mort digne et humaine.

Ce souhait, ne le partageons-nous pas tous ? Au-delà de nos différences, tous ici autant que nous sommes, nous savons qu'il nous faudra un jour mourir, et dans l'intimité de nos pensées et de nos cœurs, nous espérons que ce moment essentiel sera un moment plein de dignité et d'humanité, un couronnement, un accomplissement.

Nous espérons que des humains compatissants sauront nous soulager et nous accompagner, qu'ils sauront respecter nos besoins affectifs et spirituels. Nous espérons pouvoir nous préparer à cette rencontre avec le mystère de la mort. Pouvoir bénir ceux que nous aimons, leur laisser des paroles de vie pour qu'ils continuent. Nous espérons pouvoir remercier, pardonner, afin de partir en paix.

Cette mort digne et humaine, nous pouvons la favoriser. J'en ai eu l'expérience pendant dix ans. Je sais que c'est possible. Mais le mouvement en faveur des soins palliatifs et de l'accompagnement est encore un mouvement marginal, fragile. La réalité de la mort à l'hôpital est très éloignée de ce que nous souhaitons pour nous-mêmes ou pour nos proches. On meurt seul, et souvent dans la souffrance et l'abandon.

Pourquoi ?

Les médecins et les soignants ne sont pas formés au traitement de la douleur, mais aussi au dialogue, à la communication, au tact. Cette incompétence technique et humaine renforce le sentiment d'échec et d'impuissance face à la personne qu'on ne peut plus guérir. Cela conduit à des tentatives de maîtrise qui ne tiennent aucun compte des besoins réels des personnes en fin de vie (acharnement thérapeutique ou décision d'abréger la vie).

La souffrance des équipes médicales et soignantes à qui on confie les mourants de notre société, sans les avoir préparées, n'est pas non plus prise en compte. Il n'y a aucun soutien psychologique ou spirituel. Aucune réflexion éthique n'accompagne les décisions des équipes médicales qui parfois sont confrontées à des dilemmes : faut-il laisser souffrir pour préserver la vie, ou soulager au risque d'écourter la vie ?

Enfin, l'accueil et le soutien des familles sont souvent dérisoires. Les proches ne peuvent assumer leur rôle d'accompagnement. Dans de telles circonstances, une personne en fin de vie souffrante et angoissée devient une charge trop lourde pour les équipes débordées et démunies. La souffrance devient intolérable. C'est alors que la « demande d'en finir » est exprimée par le malade, sa famille et parfois l'équipe soignante. Devant cette souffrance, cette angoisse, cette solitude, le geste d'abréger la vie peut apparaître alors comme la seule façon d'aider à mourir, la seule manière d'apporter une réponse digne et humaine.

La demande de mourir est interprétée au premier degré, alors que nous savons par expérience que dans la grande majorité des cas cette demande exprime tout autre chose : un soulagement, le besoin d'être rassuré sur le fait qu'on ne sera pas abandonné, le besoin de communiquer, de briser le mur de silence qui isole, d'entendre les mots justes, de recevoir les gestes de tendresse qui disent que l'on est encore aimable et que l'on fait encore partie de la communauté des vivants. C'est ainsi que se pratiquent dans la clandestinité et le désarroi des arrêts délibérés de la vie. La mort est alors dépossédée de ses rites qui donnent du sens à ce moment fort de la vie. Les familles portent lourdement le deuil de tout ce qui n'a pas pu se partager.

Faut-il, parce qu'on ne sait pas accompagner ni soulager ceux qui vont mourir, les aider en leur proposant d'accélérer leur mort, comme on le fait dans certains pays en Europe (notamment en Hollande et en Belgique) ?

On nous dit que puisque ces pratiques d'euthanasie existent, il faut sortir de l'hypocrisie et les encadrer par une loi. La France a choisi une voie différente. Elle a déjà voté une loi sur les soins palliatifs (loi du 9 juin 1999) pour que chaque personne en fin de vie puisse bénéficier de ces soins et être accompagnée. Elle a voté une loi sur les droits des malades (loi du 4 mars 2002) qui autorise notamment à refuser l'acharnement thérapeutique quand l'heure est venue de mourir. Elle s'apprête à voter dans quelques semaines une troisième loi pour corriger les excès de la médicalisation en fin de vie et donner plus de poids aux décisions des malades. Ceux-ci pourront désormais refuser les traitements, écrire des directives anticipées et désigner une personne de confiance pour les représenter au cas où ils seraient inconscients.

La future loi protégera également les médecins qui arrêteront les traitements devenus inutiles ou dérisoires, à la demande des malades, à condition qu'ils respectent les règles de collégialité et de transparence.

L'originalité de la voie française – à laquelle je pense avoir contribué par le rapport que j'ai remis en 2003 au ministre de la Santé, *Fin de vie : le devoir d'accompagnement*, consiste à répondre à trois niveaux aux préoccupations de la population.

1. *Permettre la mort - Laisser mourir.* – Lorsqu'une personne incurable, en fin de vie, demande à ce qu'on la laisse mourir, la médecine doit pouvoir respecter ce désir et permettre la mort. Les textes de lois doivent être harmonisés et le code de déontologie des médecins révisé, pour être plus clairs. Les droits des malades doivent être respectés (le droit d'être informé, soulagé, de mourir chez soi, d'avoir sa famille près de soi, de refuser un traitement, etc.).

2. *Diffuser la démarche palliative.* – Les soins palliatifs sont des « soins actifs, complets, donnés aux malades dont l'affection ne répond plus au traitement curatif. La lutte contre la douleur et les autres

symptômes ainsi que la prise en considération des problèmes psychologiques, sociaux et spirituels sont primordiaux. Ils ne hâtent ni ne retardent le décès. Leur but est de préserver la meilleure qualité de vie possible jusqu'à la mort. » (Définition de l'OMS 1990.) Même s'il y a une volonté politique de développer les soins palliatifs, ceux-ci sont fragiles.

Mais, pour des raisons économiques, je ne suis pas certaine que nous ayons les moyens financiers de notre politique. Il y a aussi des raisons culturelles ; l'absence de valorisation des soins palliatifs, les réticences des hôpitaux à créer des unités de soins palliatifs, la lenteur avec laquelle la formation de tous les médecins à l'accompagnement de la fin de vie se met en place, traduisent le malaise généralisé qu'il y a toujours autour de la mort.

La mise en place d'une démarche palliative partout où l'on meurt (en réanimation, aux urgences, en gériatrie) est exigeante. Il faut commencer par changer son regard sur la mort, l'accepter comme une étape inéluctable et naturelle de la vie. Or, aujourd'hui, il y a encore un refus de la mort, surtout dans le monde médical.

Il faut changer son regard sur le fait de mourir, comprendre que la qualité du temps qui reste à vivre est plus importante que sa durée. Cela suppose de changer ses pratiques, ses priorités. Cela suppose un « savoir-être », des qualités de présence, d'écoute, souvent incompatibles avec le rythme effréné des hôpitaux, cela suppose de respecter les besoins de silence et d'intimité des malades. Cela suppose d'accueillir les familles et de leur permettre de tisser les derniers liens, ces gestes, ces paroles qui disent ce qu'il y a de digne, de présent, d'irremplaçable dans la vie de tout être humain jusqu'à son dernier souffle.

Il faut changer les règles hospitalières, permettre aux proches d'être là vingt-quatre heures sur vingt-quatre, de dormir dans la chambre, de participer aux soins. Il faut respecter les rites propres à la culture et à la religion de la famille.

Pour diffuser cet esprit des soins palliatifs, il faut évidemment former les soignants, les soutenir psychologiquement, car ils sont confrontés à des situations émotionnelles très fortes, il faut leur donner la possibilité de parler ensemble, de réfléchir à leur pratique, d'une manière éthique. (Que faisons-nous ? Pourquoi le faisons-nous ?) Derrière les « blouses blanches » des professionnels, il y a des hommes et des femmes mortels. Même s'ils évitent d'y penser, ils savent qu'eux aussi, un jour, se trouveront à cette place de la personne en fin de vie. Ils savent aussi qu'un jour ils auront à accompagner un proche jusqu'à la mort. Ils sont donc touchés par la mort d'autrui, et la seule manière d'être confronté à la mort d'autrui sans se blinder, ou sans être soi-même « brûlés », comme disent les Américains (« *burn-out* »), c'est de créer une « compassion d'équipe », reconnaître sa vulnérabilité et s'appuyer les uns sur les autres, reconnaissant que nous portons tous en nous joie et douleur, vie et mort, et c'est par ces choses qui nous blessent et nous pénètrent qu'on devient ouvert aux autres et véritablement humains.

3. *Développer une culture de l'accompagnement.* – L'accompagnement de la fin de vie est une tâche humaine qui nous concerne tous. Il s'agit d'un devoir de solidarité, mais il s'agit aussi d'une initiation. Ceux qui vont mourir nous apprennent à vivre. « Par leur courage, leur authenticité, leur humour, ils nous donnent plus que nous leur donnons. Ils nous rendent plus généreux et plus humains » (Cecily Saunders). Toutes les personnes qui accompagnent le disent, le contact avec les grands malades fait tomber les masques et les certitudes. Ceux-ci font vivre des moments rares, rares de vérité, rares de solidarité. Nous apprenons, nous découvrons, entre autres, la force insoupçonnée à l'œuvre dans ces instants, la grâce qui se manifeste.

Cette expérience, il faudrait qu'elle soit davantage transmise, connue. On sait que les familles qui ont accompagné un proche dans de bonnes conditions ne sont pas favorables à une loi sur l'euthanasie. Il faudrait leur donner la parole, leur permettre de nous dire combien cette expérience a marqué leur vie, dans le sens d'un approfondissement, d'une maturité.

Pour développer cette culture de l'accompagnement, j'ai proposé notamment :

- La tenue d'États généraux de la fin de vie, qui permettent de témoigner, d'informer, de nourrir la réflexion sociale, de développer la solidarité autour des mourants et de leurs familles. Sans une culture de l'accompagnement, je ne vois pas comment on pourrait développer la mort à domicile qui est souhaitée par les trois quarts de la population.
- La création d'un numéro Azur « Écoute fin de vie ». Toutes les études montrent les ravages du déni de la mort, des fantasmes autour de la mort, de la désinformation auprès du grand public. Plusieurs générations aujourd'hui n'ont pas vu mourir un proche, ne l'ont pas accompagné. Face au désarroi des familles, la création d'une téléphonie sociale destinée à informer, orienter, écouter, peut contribuer à cette culture de l'accompagnement. Ce projet est soutenu par le ministre de la Santé et devrait voir le jour au début de l'année prochaine.
- La promotion du bénévolat d'accompagnement. Les bénévoles sont le signe manifeste de ce devoir d'humanité qui incombe, au-delà des pro-

fessionnels de santé et des familles, à l'ensemble de la société. Nous savons combien on meurt seul aujourd'hui. La canicule de l'été 2003 nous l'a confirmé. En l'absence d'une famille de sang, les bénévoles représentent la famille humaine. Il y a beaucoup à faire pour sensibiliser les établissements de santé à l'accueil des bénévoles. Leur intégration au sein de l'hôpital se heurte à des préjugés : peur du regard extérieur, peur d'être dépossédé de personnels. Par ailleurs, il faut beaucoup de diplomatie, de tact, de patience aux équipes de bénévoles pour se faire accepter.

Ainsi, face au vieillissement de la population, aux progrès de la médecine qui reculent de plus en plus la limite de la mort, face à l'évolution des mentalités de nos sociétés, à la revendication de plus en plus grande de l'autonomie et de l'individualisme, nous allons devoir faire des choix en matière de « gestion » de la fin de vie. Allons-nous nous organiser pour donner légalement les moyens de disparaître à ceux qui n'ont plus le désir de vivre, parce qu'ils se sentent seuls, abandonnés, un poids pour la société, c'est-à-dire les plus faibles, les plus démunis, ceux dont on jugera peut-être un jour que leur vie ne vaut pas la peine d'être vécue ? Ou bien choisirons-nous de nous donner les moyens d'une vraie politique de prévention, capable d'anticiper les problèmes posés par les conditions de la fin de vie : développer les soins palliatifs, favoriser une culture de l'accompagnement, apprendre à respecter les droits des malades ?

Il reste beaucoup à faire, notamment sur le plan humain : apprendre à parler avec les mourants de leurs craintes et de leurs désirs, respecter leurs besoins d'intimité, leurs besoins affectifs et spirituels. Quant à la dignité du « mourir », nous savons combien nous pouvons la donner au mourant par notre manière de le soigner et le regard que nous portons sur lui. Enfin, n'ayons pas peur de nous montrer tels que nous sommes, des humains vulnérables et souvent impuissants. Cette honnêteté nous humanise. Il est rare que les mourants nous le reprochent. Au contraire.

Le choix est entre nos mains.

*Marie de Hennezel, psychologue et écrivain, a publié* La Mort intime *(Robert Laffont) et* Mourir les yeux ouverts *(Albin Michel).*

# Mort humaine, mort animale

*CHANTAL DELSOL*

Dans son ouvrage *La Crise de la culture*, Hannah Arendt fait remarquer que le monde minéral et le monde des vivants appartiennent à la sphère de « l'être à jamais », quoique de manière différente. Le monde minéral, par son immobilité. Le monde vivant, par la génération. Cependant, parmi les vivants, l'animal se distingue de l'homme en ce qu'il est pour ainsi dire immortel. L'homme est le premier être naturel qui « meurt » véritablement, et c'est pourquoi les textes anciens en le nommant disent « les mortels ».

L'humanité invente l'individuation. Ou bien est-ce l'Occident qui invente l'individuation ? On verra plus loin que le débat autour de cette question est au cœur de la critique contemporaine de la chasse. En

Europe en tout cas, déjà chez les Grecs, émergent la personnalité singulière, et la conviction de la dignité propre à chaque homme (*Œdipe-Roi* chez Sophocle : « C'est à présent que je ne suis rien, que je me sens le plus un homme »).

L'homme s'individualise parce qu'il est le vivant qui naît deux fois : d'abord en sortant du ventre de sa mère (il apparaît comme un hominidé), puis par la transmission éducative (il devient un humanisé). La transmission culturelle est seconde naissance, car elle fait surgir un être à nul autre pareil. La biographie implique la mortalité. À partir de l'homme, tout est touché par la mort qu'il porte en soi, et ses œuvres elles-mêmes sont périssables.

Autrement dit, deux évolutions successives marquent la différenciation entre la mort animale et la mort humaine.

La première est l'apparition de l'espèce-homme (celui qui enterre ses morts). Une différence apparaît entre l'extinction d'un membre inconscient de l'espèce à laquelle il est cloné (le grand singe, indifférencié), et la mort d'un être singulier, différencié, conscient de soi et de cette différenciation (parce que la transmission culturelle lui a conféré chaque fois des caractères spécifiques, selon la manière dont il a intégré, vécu, interprété sa propre histoire).

Dans ce cadre, avec l'animal singulier rien ne meurt, car ce qu'il possède est commun à tous les autres. Avec l'homme singulier, meurt au contraire une manière inimitable de vivre et de penser, jamais reproductible à l'identique.

Cependant la seconde évolution est davantage culturelle que biologique, et à cet égard, elle reste discutable. Je vais prendre des exemples pour tenter de le démontrer.

En effet, l'homme ne devient véritablement un « mortel » (celui pour qui la mort compte) que si la vision du monde ambiante lui confère une individualité et une supériorité en dignité sur le reste du monde vivant, sur les autres espèces de vivants.

On croit à une spécificité intrinsèque et à une supériorité de l'homme dans le monde occidental (antique et chrétien), mais non pas dans le monde indien, où un homme peut n'avoir pas plus de valeur, voire moins de valeur qu'un animal. Dans ce cas, la mort d'un humain ne signifie pas davantage que la mort d'un animal.

Toute la question est donc de savoir si l'homme a quelque chose de plus, autrement dit, si l'on croit (car c'est une question de conviction et non de science) à l'insularité de l'homme par rapport aux autres espèces. Seules les cultures du Livre le disent explicitement et avec force.

Regardez à quel point les nouveaux courants de pensée du type « écologie profonde », ou bien la bioéthique américaine et anglo-saxonne à travers des auteurs comme Peter Singer, rejoignent le point de vue indien. L'émergence de ces nouveaux courants de pensée, qui explique la remise en cause actuelle de la chasse, semble légitimée par de nouvelles connaissances en primatologie : on dit que l'animal ne sait pas qu'il meurt, mais comment sait-on qu'il ne sait pas ? Les chercheurs découvrent à présent des phénomènes d'empathie, de solidarité chez des singes évolués, ainsi qu'un embryon de « culture ». Les courants de pensée qui souhaitent protéger l'animal autant que l'homme et lui conférer des droits cherchent à mettre toutes les espèces vivantes sur le même plan, refusant ainsi à l'homme à la fois son individualité et sa dignité spécifique (qu'ils comprennent comme une forme de racisme : le « spécisme »). En refusant le critère de la culture pour distinguer l'homme de l'animal (la culture rend l'homme méchant), ils adoptent en général le critère de la santé physique pour distinguer la valeur des êtres (un enfant handicapé vaut moins qu'un éléphant bien portant). Dans ce cas, la mort est la même chez l'homme et chez l'animal.

La question de la distinction entre la mort humaine et la mort animale dépend entièrement de la dignité spécifique que l'on confère ou non à l'homme, selon les cultures. Jusqu'ici, nous avons toujours pensé qu'un vivant nouveau apparaît lorsque pour lui, et pour la première fois, le plus important dans la vie, c'est la mort : l'homme est ce vivant qui ressent sa propre finitude. Dans ce cadre, c'est le savoir de l'inéluctabilité de sa propre mort qui fait du singe supérieur un hominidé. Mais, pour posséder ce savoir, il faut qu'il se sente à nul autre pareil – sinon rien ne mourrait avec lui que le terreau commun et toujours là. En sachant qu'il meurt il sait que quelque chose avec lui disparaît : ce *monde* intérieur incomparable qu'il est en tant qu'individu (son secret : l'*infracassable noyau de nuit*). C'est la singularité de chaque homme qui fait de sa mort autre chose que la mort de l'animal. Et en raison de cette singularité personnelle, c'est l'insularité de l'espèce humaine qui marque la mort des humains d'une signification spécifique. Cependant, tout cela repose sur une représentation anthropologique particulière, dont nous pourrions nous séparer : nous pourrions nous orientaliser. Dans ce cas, il n'y aurait plus de distinction entre la mort humaine et la mort animale, et chasser un animal serait aussi grave que de chasser un homme, à moins que chasser un homme ne devienne alors aussi anodin que chasser un animal…

*Chantal Delsol est essayiste, romancière, professeur de philosophie à l'université de Marne-la-Vallée.*

# Droit de vie, droit de mort, les « libertés » du postmodernisme

*ANNE-MARIE LE POURHIET*

Le rapport du droit contemporain avec la vie et la mort est à l'image de son évolution en général et de ce qu'entraîne comme mutation juridique « l'évolution des mœurs ». Notre corpus juridique devient, en effet, le parfait reflet de la société postmoderne qui l'engendre, un tissu de paradoxes et de contradictions.

On a désormais coutume de distinguer des « générations » dans les droits de l'homme. La première est composée des droits-libertés civils et politiques, consacrés dans la Déclaration des droits de l'homme et du citoyen de 1789[1], qui sont essentiellement des *droits de* faire quelque chose librement, à

1. Ainsi que dans les déclarations des ex-colonies américaines devenues indépendantes en 1776, mais la portée des textes américains a été moindre que celle de la Déclaration française.

l'abri du contrôle de l'État, dès lors cantonné dans un rôle d'abstention passive (État-gendarme libéral). La seconde est composée des droits-créances économiques et sociaux, apparus au XIX^e siècle sous l'influence du socialisme, qui sont des *droits à* obtenir quelque chose de l'État et qui supposent donc, cette fois, son intervention active (État-providence social). Mais à ces deux catégories de droits s'est ajoutée au XX^e siècle une troisième génération composée des droits dits *de solidarité* (droit au développement, droit à l'environnement, droit à la paix, etc.) que l'on rencontre essentiellement dans des instruments internationaux influencés par le tiers-mondisme et qui ont la particularité de n'avoir réellement ni sujet ni objet et donc de manquer sérieusement de substance juridique. Mais, depuis cette vague de droit au bonheur, est apparue une nouvelle catégorie fourre-tout composée de droits à tout et à son contraire, mélange de civil et de politique, d'économique et de social, correspondant aux revendications multiples et insatiables de groupes sociaux divers et variés.

Dans ce magma d'exigences souvent exprimées sur un mode militant et sectaire, hystérisées par les médias, se détachent tout particulièrement la revendication simultanée du droit à l'égalité et du droit à la différence ainsi que celle du droit à la vie et du droit à la mort.

J'ai consacré un grand nombre de mes recherches récentes à la dénaturation du principe d'égalité et à l'imposture intellectuelle que constitue la notion dite de « discrimination positive » en fouillant au scalpel ce qui se cache exactement derrière cette cacophonie « sociétale »[1]. Le résultat est, en fait, limpide : les mêmes réclament l'égalité pour avoir autant de droits et la différence pour avoir plus de droits ou moins d'obligations. Un jeu opportuniste de cartes d'identité multiples permet ainsi d'obtenir ce qu'on appelle vulgairement le beurre et l'argent du beurre. Par exemple : je suis français pour bénéficier de l'État-providence mais je suis corse ou martiniquais pour me soustraire à l'État de droit. En exigeant des subventions pour l'égalité et des exonérations pour la différence, on est assuré d'un bénéfice total.

Qu'en est-il alors de la double revendication également adressée au législateur et au juge d'un droit à la vie et d'un droit à la mort ? Je voudrais ici aussi faire d'abord un constat juridique (I), avant d'en rechercher l'explication sociologique (II).

1. A.-M. Le Pourhiet, « Pour une analyse critique de la discrimination positive », *Le Débat*, n° 114, 2001, p. 166 ; « Droit à la différence et revendication égalitaire : les paradoxes du postmodernisme », *Le Droit à la différence*, dir. N. Rouland, Presses universitaires d'Aix-Marseille, 2002, p. 253 ; « Égalité et différence dans la France contemporaine », *Revue politique et parlementaire*, n° 1017-1018, 2002, p. 44.

**Flagrant délit de contradiction juridique**

La sacralisation de la vie humaine longtemps traduite dans notre droit était elle-même issue de sources religieuses bien connues posant que la vie étant accordée par Dieu ne pouvait être retirée que par lui. Jean Rivero écrivait que s'il fallait enlever du Code pénal français tout ce que la religion définit comme des péchés, il n'y resterait plus grand-chose. Effectivement, le commandement « Tu ne tueras point » figure traditionnellement en bonne place dans l'arsenal juridique. Mais la philosophie des droits de l'homme a prolongé logiquement cette sacralisation en ce sens qu'il ne servirait pas à grand-chose de reconnaître le droit de propriété ou la liberté d'expression à un individu auquel on ne reconnaîtrait pas d'abord le droit de vivre. Les morts n'ont que faire de la liberté d'aller et venir et du droit de vote. C'est la raison pour laquelle les déclarations du XVIII$^{e}$ siècle ne mentionnent pas le droit de vivre, implicitement posé.

Des textes constitutionnels ou conventionnels postérieurs à la Seconde Guerre mondiale comme la loi fondamentale allemande de 1949 (article 2 : « Chacun a droit à la vie »), la Convention européenne des droits de l'homme et des libertés fondamentales de 1950 (article 2, alinéa 1 : « Le droit de toute personne à la vie est protégé par la loi »), le Pacte international sur les droits civils et politiques de 1966 (art. 6 : « Le droit à la vie est inhérent à la personne humaine ») ou encore la Convention relative aux droits de l'enfant de 1990 (art. 6 : « Les États parties reconnaissent que tout enfant a un droit inhérent à la vie ») proclament tous un « droit à la vie » auquel il eût cependant été plus logique de préférer un « droit de vivre » dans la mesure où le maintien en vie paraît constituer davantage un droit-liberté qu'un droit-créance. Mais la mode terminologique actuelle est plus au *droit à* qu'au *droit de.*

Seule la peine de mort, expressément et initialement autorisée par les textes internationaux précités, a longtemps dérogé à cette intangibilité de la vie humaine. Un autre principe, celui de proportionnalité de la peine, conduisait à punir le crime extrême d'une sentence également suprême, symbole justement du prix accordé à la vie de la victime.

La *légalisation de l'interruption volontaire de grossesse* va constituer la première grande entorse contemporaine à l'intangibilité du droit de vivre et l'on n'a sans doute pas mesuré à l'époque les implications juridiques en cascade qu'elle allait entraîner, une fois adossée aux progrès de la connaissance biologique.

L'article 1er de la loi du 17 janvier 1975 prend soin de le rappeler : « La loi garantit le respect de tout être humain dès le commencement de sa vie. Il ne saurait être porté atteinte à ce *principe* qu'en cas de *nécessité* et dans les conditions définies par la *présente loi.* » Ce principe a été confirmé par l'article 1er de la loi du 29 juillet 1994 relative au respect du corps humain, donnant à l'article 16 du Code civil la rédaction suivante : « La loi assure la primauté de la personne, interdit toute atteinte à la dignité de celle-ci et garantit le respect de l'être humain dès le commencement de sa vie. » Plus récemment le Conseil constitutionnel a jugé que la prolongation du délai d'avortement à douze semaines ne rompait pas « l'équilibre que le respect de la Constitution impose entre, d'une part, la sauvegarde de la dignité de la personne humaine contre toute forme de dégradation et, d'autre part, la liberté de la femme[1] ». Le législateur pose donc clairement l'avortement de détresse (limité à dix puis à douze semaines) et l'avortement thérapeutique (sans condition de délai) comme des exceptions à un principe maintenu.

Cette admission par le législateur que l'IVG constitue un homicide volontaire légal justifiait le maintien de la jurisprudence qualifiant d'*homicide involontaire* le fait de provoquer accidentellement la mort d'un fœtus. Or, c'est précisément cette logique de l'exception au principe que la Cour de cassation

1. Ccel, n° 2001-449 DC, 4 juillet 2001, loi relative à l'IVG et à la contraception.

a soudainement décidé d'inverser, dans un arrêt du 30 juin 1999, malgré la rébellion des juges d'appel et les protestations de la doctrine, en refusant désormais de reconnaître au fœtus la qualification d'être humain au mépris des termes mêmes de la loi de 1975. C'est qu'entre-temps la faculté exceptionnelle d'avorter, telle que conçue par le législateur, est devenue, dans le discours militant féministe, un inconditionnel et absolu droit à l'avortement. Il est vrai que la jurisprudence administrative a aussi encouragé cette nouvelle lecture notamment lorsque le Conseil d'État a jugé que la femme seule peut apprécier sa situation de détresse, se refusant ainsi à contrôler l'existence de la condition légale et déniant parallèlement au père tout droit de regard sur l'avenir de sa descendance[1]. Mais le retrait de l'amendement « Garraud » par le gouvernement actuel et son argumentation en défense devant la Cour européenne des droits de l'homme dans l'affaire Thi-Nho Vo[2], concernant la qualification pénale d'un avortement accidentel, montrent à quel point la classe politique est tétanisée par le lobby féministe puisqu'elle en vient à plaider devant les juridictions l'exact contraire du principe énoncé par le législateur français.

1. CE, Assemblée, 31 octobre 1980, Lebas, R.403.
2. *Le Monde*, 12 décembre 2003.

Mais d'autres exceptions encore sont apparues, notamment lorsque le législateur s'est résolu, en 1994, à permettre la *destruction des embryons congelés* ne faisant plus l'objet d'une « demande parentale ». Le Conseil constitutionnel s'est alors trouvé en porte-à-faux et contraint d'affirmer que le principe du respect de tout être humain dès le commencement de sa vie ne s'applique pas aux embryons *in vitro* comme aux embryons *in utero*[1]. La pratique dite des « *réductions embryonnaires* », c'est-à-dire d'avortements programmés, induite par l'implantation volontaire de plusieurs embryons dans le cadre d'une fécondation *in vitro* s'est développée *de facto* sans encadrement juridique.

Le comble du retournement advient lorsque la Cour de cassation, dans son *arrêt Perruche* du 17 novembre 2000, indemnise un handicapé pour le préjudice causé par son non-avortement. Se profile ici implicitement une logique d'obligation d'avorter aux antipodes des principes affichés en 1975. Voilà donc écartés aussi bien le droit à la vie que le droit à la différence et la fameuse « lutte contre les discriminations » pourtant célébrée par le législateur à grand renfort médiatique. On peut, en effet, difficilement imaginer de procédé plus discriminatoire

---

1. Ccel, n° 94-343-344 DC, 27 juillet 1994, lois bioéthique. Voir Anne-Marie Le Pourhiet, « Le Conseil constitutionnel et l'éthique bio-médicale, Études en l'honneur de Georges Dupuis », LGDJ, 1997, p. 213.

que l'eugénisme. L'émoi provoqué par cette décision a conduit le législateur à la contourner en affirmant : « Nul ne peut se prévaloir d'un préjudice du seul fait de sa naissance[1] », mais il n'empêche que le maintien de l'indemnisation des parents, à partir du même raisonnement, dit bien ce qu'il faut lire entre les lignes, à savoir que la société contemporaine préfère se passer de certaines vies.

*L'abolition de la peine de mort*, peu de temps après la dépénalisation de l'avortement, a commencé à faire apparaître la flagrante contradiction philosophique et juridique à laquelle on s'accoutume. Des arguments solides et vérifiés sur l'inefficacité pratique de la peine capitale ont été opposés au prononcé effectif d'une condamnation. Mais, concernant l'existence symbolique de cette peine dans le corpus juridique, ce sont le caractère inhumain de la sanction et la « tâche » morale dans le Code pénal qui ont alors été invoqués au nom du droit à la vie et de l'impossibilité pour la société d'infliger délibérément la mort. Six années après la loi sur l'IVG, le revirement argumentaire est spectaculaire.

À cette contradiction déjà profondément installée dans le droit positif vont s'ajouter toutes celles conte-

1. Article 1er de la loi du 4 mars 2002 relative aux droits des malades et à la qualité du système de santé.

nues dans des revendications récurrentes pas encore juridiquement consacrées mais en voie de l'être.

Le droit à la vie est d'abord menacé par un nouveau rival direct dénommé « *droit de mourir dans la dignité* » ou « droit à une mort digne » ou encore droit de « choisir sa mort » pour reprendre tous les euphémismes dont on affuble l'euthanasie. On remarque que le terme de « dignité » est devenu le mot d'ordre de toutes les revendications récentes et qu'il n'est plus une seule loi qui n'invoque ce terme subjectif et indéfinissable, devenu une véritable auberge espagnole servant à justifier absolument tout et son contraire. Quelle contradiction, là encore, entre les arguments apitoyés utilisés pour justifier l'abréviation de la « fin de vie » et les réactions hystériques et hypocrites auxquelles on a assisté après les effets naturels de la canicule sur les vieillards. Parallèlement à cette demande de suicide assisté, les associations et structures consacrées à la *prévention du suicide* se multiplient cependant et chacun s'en félicite, bien entendu[1].

C'est précisément à ce sujet que la Cour européenne des droits de l'homme n'a pas manqué de relever, dans l'affaire Pretty c/RU (29 avril 2002), que l'obligation positive de protéger la vie, décou-

1. « Toutes les couches sociales sont concernées par le suicide », *Le Figaro*, 30 janvier 2004 ; Marie-José Roig, « L'adolescent et la peur de la vie », *Le Figaro*, 14 septembre 2004.

lant de l'article 2 de la Convention, « ne saurait, sans distorsion de langage, être interprétée comme conférant un droit diamétralement opposé, à savoir un droit à mourir ». Il fallait effectivement une certaine audace pour prétendre que le droit à la vie aurait pour corollaire et non pour contraire le droit à la mort. On retrouve ici la même perversion intellectuelle que celle qui préside aux discriminations dites « positives » également issues d'une « distorsion de langage » révélatrice de l'air du temps.

Un coup d'œil rapide sur d'autres manifestations de l'esprit postmoderne montre aussi une aversion prononcée pour la *guerre* se transformant en pacifisme sauf, à la rigueur, pour le cas d'une guerre « humanitaire » avec zéro mort. Avant que les droits des animaux ne soient bientôt mis à égalité avec les droits de l'homme au nom de la non-discrimination, la *chasse* est actuellement à peu près aussi mal vue que la guerre et fait l'objet de demandes d'interdiction au moins en ce qui concerne la chasse à courre déjà hors la loi en Grande-Bretagne. Quant à la *corrida*, on peut imaginer qu'après le retrait des troupes espagnoles d'Irak, l'introduction de la parité dans le gouvernement de Madrid et la consécration du mariage homosexuel ibérique, son interdiction pourrait aussi s'inscrire dans la logique de la nouvelle « gouvernance » européenne inaugurée par le chef du gouvernement espagnol.

Comment interpréter toutes ces incohérences et appréhender un droit révélant un rapport à la vie et à la mort aussi illisible, semblant échapper à toute logique ? Pourquoi cette confusion, cette contradiction, ce non-sens ? La question n'est pas anodine. Pour reprendre le titre d'un ouvrage de droit américain, comment pourrait-on « prendre le droit au sérieux » alors qu'il n'a plus de sens et n'en fournit plus ? Lorsque le droit n'est plus crédible, il se dévalorise lui-même, perd son autorité, donc le respect, et cède alors le terrain à la force.

### Essai d'explication sociologique

Le rapport de nos sociétés à la vie et à la mort ne peut être isolé du reste de l'évolution sociale. De même qu'on ne peut séparer la crise de l'autorité scolaire de celle de l'autorité parentale et de l'autorité politique parce que c'est un phénomène global qui irrigue tous les segments sociaux, on ne peut non plus isoler le droit de la vie et de la mort du reste de l'évolution juridique. Partout et sur tout sujet on peut effectuer les mêmes diagnostics.

À l'origine de beaucoup de contradictions précédemment décrites il y a d'abord l'hypocrisie d'une société entre deux eaux, entre deux civilisations ou même peut-être en voie de « décivilisation », de déshumanisation et qui n'ose pas encore avouer ouvertement la renonciation à ses valeurs de telle sorte qu'elle feint d'y rester fidèle tout en les lardant de coups de canif [1]. Cette mutation découle directement du consumérisme opportuniste et du mercantilisme ambiants, mais aussi d'une idéologie rampante dans laquelle le féminisme et le multiculturalisme tiennent une place non négligeable.

## Des valeurs en trompe-l'œil

S'il y a quelque chose de manifeste, c'est le décalage entre ce que dit le droit et ce que disent ceux qui font le droit ou du droit. Les politiques, les juges mais aussi une bonne partie de la doctrine juridique mentent, tout simplement. On dit que l'on respecte les valeurs républicaines mais on multiplie les révisions constitutionnelles et les choix législatifs tournant le dos à ces valeurs (statuts territoriaux dérogatoires, parité, discriminations positives, Écoles Diwan, etc.). *On dit* que la France reste unitaire alors qu'on la fédéralise. *On dit* que la France reste souveraine alors que chaque nouveau traité européen consacre l'abdication de ce que le Conseil constitutionnel qualifie lui-même de « conditions essentielles de la souveraineté nationale ». *On dit* qu'il existe une « démocratie d'opinion » ou une

1. Y. Guéna, « Des coups de canif dans la Constitution », *Le Monde*, 25 janvier 2000.

« démocratie juridique » ou encore une « démocratie sexuelle » (*sic*) pour cacher qu'il s'agit en réalité de la dictature des médias, des juges ou des minorités[1]. De même, on persiste à réaffirmer solennellement le droit à la vie mais, chaque fois que cela arrange des intérêts catégoriels et égoïstes, on n'hésite pas à trouver des accommodements. Le Code civil affirme que « toute pratique eugénique tendant à l'organisation de la sélection des personnes est interdite » mais le diagnostic prénatal et l'avortement thérapeutique légalement autorisés et pratiqués tous les jours ne tendent qu'à cela. Pour reprendre la judicieuse expression de Chantal Delsol[2] on assiste à une sorte de « marché noir » normatif où la réalité juridique contredit les prétentions affichées. La loi de 1975 constitue l'apogée de ce faux-semblant en présentant l'IVG comme une exception à un principe alors que la condition légale n'étant vérifiée par aucun juge est laissée à l'appréciation discrétionnaire du sujet qui en fait ce qu'il veut[3].

La raison de cette duplicité est que nous vivons dans une société qui a abdiqué les valeurs humanistes mais qui ne veut pas encore se l'avouer car elle a peur

1. A. Lajoie, *Quand les minorités font la loi*, PUF, « Les voies du droit », 2002.
2. Ch. Delsol, « Le relativisme comme simulacre », *Revue des deux mondes*, janvier 1997, p. 91.
3. A.-M. Le Pourhiet, « À propos de la bioéthique, la démocratie selon Ponce-Pilate », revue *Pouvoirs*, 2000, n° 59, p. 158.

des conséquences de cet abandon, du vide dans lequel il la laisse. Lorsque Marcel Gauchet affirme : « Un nouvel homme des droits de l'homme est né qui n'a rien en commun avec son ancêtre de 1789 », il traduit bien cet effet *Canada Dry* : ça s'appelle toujours des droits de l'homme, mais ce n'est plus les droits de l'homme, c'est même le contraire[1]. On a remplacé l'humanisme par cet « humanitaire » dont Pierre Magnard affirme qu'il est « vraiment nihiliste en ce qu'il ne voit plus dans l'homme qu'un assisté potentiel[2] ». Comme le dit Alain Finkielkraut, « il ne suffit pas d'être gentil pour être humain », mais il n'empêche que la mièvrerie compassionnelle a remplacé les Lumières et que l'abbé Pierre et Noël Mamère ont succédé à Voltaire. La démocratie, la souveraineté et les vrais droits de l'homme sont en train de disparaître mais, chut ! il ne faut surtout pas le dire.

## Consumérisme, mercantilisme et opportunisme

Dans l'un de ses derniers livres, le doyen Jean Carbonnier avait constaté « la pulvérisation du droit objectif en droits subjectifs[3] ». Il devient en effet de plus en plus difficile de parler du droit au singulier sous l'effet

---

1. M. Gauchet, « Quand les droits de l'homme deviennent une politique », *Le Débat*, n° 110, 2000, p. 266.
2. P. Magnard, *Questions à l'humanisme*, PUF, 2000.
3. J. Carbonnier, *Droit et passion du droit sous la V^e^ République*, Flammarion, 1999.

de l'amoncellement des droits au pluriel, « des tas de droits » pour reprendre le jeu de mots de mon collègue Guy Carcassonne. Cette subjectivisation du droit s'accompagne d'une privatisation de l'espace public. Autrefois on posait et imposait à tous le principe du caractère intangible de la vie humaine, sous réserve d'une peine de mort infligée publiquement par la société elle-même. Aujourd'hui « ça dépend ». Le respect de la vie humaine est à catégorie variable, à la tête du client en quelque sorte. Le citoyen consommateur se comporte à l'égard des normes comme un client de supermarché[1]. Aux valeurs objectives qui imprimaient une logique et une cohérence à la société et à son droit se substituent des intérêts subjectifs à la carte qui conduisent au relativisme. Le slogan féministe « un enfant si je veux, quand je veux, comme je veux » exprime magnifiquement cet hédonisme et ce retour au privilège dans son sens étymologique de loi privée. Mais si le droit de vivre n'est pas le même pour tous, s'il est modulable à volonté, c'est son existence même qui fait doute. L'adage « si tout se vaut rien ne vaut » n'indique rien d'autre que le glissement inexorable du relativisme au nihilisme.

L'autre aspect de ce subjectivisme est la tendance à se prévaloir de droits (au pluriel) qui n'existent pas

1. C. Duvert, « Le droit jetable ? À propos des débats sur l'homoparentalité », *Le Débat*, n° 131, 2004, p. 186.

ou pas encore en droit (au singulier). En demandant, en 2002, à la Cour européenne des droits de l'homme d'autoriser son mari à l'euthanasier, Mrs Pretty déclarait « *I just want my rights* » (je ne réclame que mes droits) et s'est ensuite plainte du refus de la Cour qui l'avait « privée de ses droits », comme si ceux-ci pouvaient être antérieurs au droit positif. De même les militants homosexuels accusent-ils le juge français d'ignorer leur droit au mariage ou à l'adoption alors que celui-ci n'existe encore que dans leur esprit et celui de Noël Mamère. La stratégie consiste à forcer la main du législateur ou du juge en traitant la revendication en droit déjà acquis par une sorte de détournement paradoxal de la philosophie jusnaturaliste par les tenants de l'artificialisme.

### Idéologie féministe et multiculturaliste

Le prêt-à-penser politiquement correct n'est pas du tout libéral puisqu'il stigmatise voire réprime moralement et même pénalement la pensée dissidente. On a grand tort de conclure à la mort des idéologies au prétexte que le marxisme a vécu. L'idéologie « bourdivine » ou « bourdieusienne » opposant non plus les bourgeois aux prolétaires mais les dominants aux dominés lui a succédé. Son application est sans doute plus *soft* mais son efficacité est remarquable. Elle est notamment parvenue à s'imposer sans difficultés à la droite française qui la met docilement et spontanément en œuvre sans qu'il soit besoin d'aucune révolution.

Parmi les dominés et les opprimés qui ont désormais tous les droits, les femmes occupent incontestablement la première et la plus large place et le féminisme imprègne largement et à deux degrés le sujet qui nous occupe. Au premier degré c'est évidemment la « cause » des femmes qui est à l'origine de la légalisation de l'IVG. Si l'avortement de détresse est laissé à la discrétion de la mère seule, on a vu aussi lors de l'affaire Perruche et de la question des avortements accidentels qu'il n'était toujours question que de la volonté de la mère, le père n'existe pas à ce stade. La femme a donc ainsi acquis un droit absolu et exclusif sur le fœtus, réduisant, avant la naissance, la paternité à néant. Parallèlement le droit de refuser sa paternité est désormais enlevé au père que l'on va même chercher dans sa tombe, à l'instar d'Yves Montand, afin qu'il assume de force sa progéniture. Cette toute-puissance féminine est d'autant plus terrifiante qu'elle s'accompagne d'un discours victimaire totalement déresponsabilisant. On a entendu dire aussi que le travail des femmes empêcherait, entre autres causes, les vieillards de mourir à la maison et imposerait de leur trouver des solutions palliatives…

Au second degré on constate aussi que ce sont les « valeurs féminines » selon l'expression chère à certain(e)s qui dictent désormais l'appréhension des choses. La guerre, la chasse ou la corrida, activités traditionnellement masculines, patriarcales, heurtent la sensibilité féminine dominante et sont donc dénoncées. On a dit que le pacifisme du Chancelier allemand, lors de la guerre d'Irak, a été largement commandé par la prise en compte de l'électorat féminin. Les femmes chasseresses ou les *torera* font d'ailleurs l'objet d'un jugement embarrassé : on hésite entre saluer la victoire égalitaire ou dénoncer l'aliénation aux valeurs masculines. Il reste toutefois aussi un fond de perception purement sociale dans le rejet de la chasse dont les valeurs aristocratiques et élitistes dérangent l'égalitarisme ambiant.

Incontestablement aujourd'hui le sentiment doit l'emporter sur l'honneur et Racine a battu Corneille à plate couture. Le mâle postmoderne est davantage incité par *Elle, Marie Claire* ou *Têtu* à exhiber sa « part de féminité » qu'à se comporter en héros, et à consommer des cosmétiques plutôt que des cartouches. En chantant devant les vétérans de la Seconde Guerre mondiale l'*Hymne à l'amour* d'Édith Piaf, qui comporte les paroles « Je renierais ma patrie si tu me le demandais », Patricia Kaas n'a sans doute pas perçu qu'elle reniait purement et simplement les valeurs d'Omaha Beach[1].

1. A. Finkielkraut, « Les juifs face à la religion de l'humanité », *Le Débat*, n° 131, 2004, p. 17.

Mais les minorités culturelles semblent également bénéficier de circonstances atténuantes. Au nom de l'anticolonialisme on a laissé leur pleine souveraineté judiciaire aux îles caribéennes du Commonwealth qui se sont empressées d'exécuter leurs condamnés à mort sans que les ONG ne protestent aussi fort qu'elles l'ont fait au Texas. Si la chasse est mal vue et si le combat de Brigitte Bardot a longtemps attendri, il a suffi qu'elle dénonce la souffrance animale dans le culte musulman pour que l'opprobre s'abatte soudain sur son engagement. Certaines coutumes des Amérindiens de Guyane ou jugements des cadis mahorais ne déclenchent curieusement pas l'hystérie des nouveaux croisés de la dignité humaine qui ont la condamnation culturellement sélective.

C'est donc cette sélection, portant non pas sur l'objet du droit mais sur ses sujets, qui est le trait marquant de l'évolution contemporaine et qui explique l'incohérence normative. Ce n'est plus, comme le disait La Fontaine, selon que l'on est « puissant ou misérable » que les jugements de cour varient, c'est désormais selon qu'on appartient aux dominants ou aux dominés, sexuels ou culturels.

*Anne-Marie Le Pourhiet est professeur agrégé des facultés de droit.*

# L'opinion devant « l'incompréhensible »

*FRANÇOIS D'ORCIVAL*

La mort… Qui peut s'arroger aujourd'hui le droit de la donner, dans quelles circonstances, au nom de quel instinct, de quel genre de plaisir, de quel sens primitif de la survie, de quelle légitime justification ? Qui ? Le chasseur, lui, donne la mort. Et ça, pour les médias qui jettent sur lui un regard inquisiteur, ce n'est ni mystérieux, ni déconcertant, c'est incompréhensible.

On voudrait que la mort ait disparu du paysage de nos sociétés. On fait donc comme si. Elle a disparu comme inacceptable : qui ne peut être accepté. Ne croyez pas que les médias soient doués d'imagination : ils répètent ce qu'ils entendent. Ils ont donc envoyé, comme tout le monde, la mort au musée des horreurs.

Mais si la mort a disparu du paysage, on peut peut-être la retrouver en faisant appel à quelques vieux souvenirs, des souvenirs d'enfance. Rappelez-vous, les « bartavelles »... l'une pesait 1,260 kilo et l'autre 1,530 kilo. Elles étaient bien plus grosses que des perdrix, et avaient été rendues fameuses un jour d'ouverture par un non moins célèbre « coup du roi » : les deux bartavelles fusillées à la verticale étaient tombées, net, au sol, avec un bruit sourd.

À l'époque, on ne plaisantait pas avec la poudre, c'est avec une infinie précaution et un infini respect que l'on dépendait les calibres douze et les calibres seize avant de les préparer pour le grand jour. L'habillement, la gibecière, la cartouchière, c'était toute une cérémonie. Le dimanche de l'ouverture appartenait au rituel de l'existence.

Ce jour-là donc, un petit garçon assista à un spectacle grandiose : « Toutes les deux... Oui, toutes les deux, il les a tuées... Et dans mes petits poings sanglants d'où pendaient quatre ailes dorées, je haussai vers le ciel la gloire de mon père en face du soleil couchant. »

On a reconnu Marcel Pagnol.

Pourquoi rappeler cette anecdote ? Parce que ces souvenirs ont été publiés en 1957 et qu'ils eurent un immense succès au point de devenir un classique de la littérature, puis du cinéma. Ce n'est pas si loin 1957, même pas cinquante ans, deux générations...

Eh bien, quand Pagnol écrit pour son lecteur, avec le charme que l'on sait, aucun mot n'écorche sa plume. Le chasseur triomphant n'est autre qu'un « tueur de bartavelles », un tueur, oui en toutes lettres, et même l'auteur d'un « si beau meurtre »... « Est-ce que tu crois qu'il est permis de tuer les bêtes du bon Dieu le jour du Seigneur ? », demande l'un des contemporains. Mais oui, et même avec les compliments du curé, s'il vous plaît, le curé qui prend la photo-souvenir.

En 1957, ces récits d'enfance ne choquent personne. La gloire de mon père c'est bien d'avoir tué ces deux oiseaux. À l'époque, nous sommes encore les enfants de cette France rurale, des clochers et des blés moissonnés, du fusil au-dessus de la cheminée. La France de la communale et des colonies de vacances. L'enfance, c'est la campagne. Rien n'avait changé depuis que les hommes chassaient. Mais en deux générations, tout a changé. La société, les paysages, les mentalités, et par conséquent le regard des médias.

Pagnol, d'une certaine manière, l'explique par anticipation : « Mon père, enfant des villes et prisonnier des écoles, n'avait jamais tué ni poil ni plume. Mais l'oncle Jules avait chassé depuis son enfance et il n'en faisait pas mystère. » Les voilà les deux France, celle des villes qui sort des écoles, et l'autre, fidèle à ses sillons. Et ce qui va se passer, c'est que la première va quasiment absorber la seconde.

Dans la société rurale, la mort, phénomène naturel, était vécue à la maison, transportée au cimetière en cortège en passant par l'église. Dans la société urbaine, la mort fait peur. On la maquille, on la dissimule. Le vieil oiseau des villes se cache pour mourir.

La chasse appartenait au monde rural, elle aussi était un phénomène naturel. Elle s'acculture mal au climat citadin. On ne chasse pas dans les villes. Et puis, la chasse est une affaire individuelle, la gloire de mon père, la balade de l'oncle Jules, une marche en forêt, relation intime, instinct, quête intérieure. En ville au contraire, le collectif commande. La foule crée le mouvement. L'homme n'est plus le responsable, la société l'est pour lui, elle qui prend tout en charge ; elle défend de tuer puisque l'école apprend que l'homme doit être bon par nature. La sauvagerie primitive n'existe ici, entre deux murs, entre deux rues, que par accident ; la société de l'assurance sociale est aussi la société protectrice des animaux, qui ne sont plus que des animaux de compagnie.

Dès lors que tout s'est urbanisé, que tout a été domestiqué, que la nature et le chasseur ont été enfermés dans les réserves et les règlements de cette société fragile, vulnérable et sensible, la chasse n'était plus ni possible ni même compréhensible. Quand les animaux quittent leurs fourrés pour les parcs zoologiques, on ne les poursuit plus que pour les soigner.

Cette société industrielle a évidemment produit ses toxines et ses maladies : plus elle saccage la nature, plus elle s'invente une nature rêvée, une écologie idéale, dans le refus de la modernité et le prétendu retour aux origines. C'est la bergerie du Larzac, ses herbes folles et ses fromages sans sel. « Oh fils du roi tu es méchant, tu as tué mon canard blanc... » Cette fois, la chasse n'est plus seulement défendue, elle devient objet de scandale.

À commencer pour les médias. Mais quand on parle ici des « médias », on commet une généralisation, par nature abusive. Les médias sont aussi variés que les chasseurs, aussi différents qu'eux, selon les tempéraments, les styles, les terroirs, d'une région à l'autre. En réalité, lorsqu'on dit « les médias », on ne désigne que les quelques dizaines de plumes de la classe médiatique parisienne qui croient pouvoir parler pour les autres, et donner le ton de la pensée du jour...

Ces médias, contrairement aux idées reçues sur l'étendue de leur prétendu pouvoir, n'inventent rien. Ils n'ont pas de philosophie en soi, pas de culture en propre, ils ne fabriquent pas l'air du temps, ils ne font que l'emporter avec eux, comme de simples miroirs des modes et du temps qui passe. Puisque la mort a changé, ils disent qu'elle a changé. Puisque la chasse n'est plus de saison, ils disent aujourd'hui le contraire de ce qu'ils imprimaient hier, pas tous bien sûr, ceux dont le public est étranger à la chasse.

Le chasseur de bartavelles est donc bien un tueur – mais personne ne s'incline plus sur son passage, le héros d'hier a été enfermé dans les placards de la mauvaise conscience. Dans une société qui vieillit, toute mort est d'évidence obscène. La blessure, la douleur, la souffrance, la maladie aussi. Sur les paquets de cigarettes, la société fait afficher en caractères gras la sanction suprême : « Fumer tue », alors que la peine de mort a été abolie.

Mais pourtant, vaste hypocrisie de la société urbaine, cette mort que l'on refoule, cette mort que l'on refuse, elle est partout, et d'abord partout dans les médias : dans l'actualité comme dans la fiction, elle s'étale sur le papier et sur les écrans. Mieux même, la mort ça marche et ça se vend bien. La guerre, la barbarie, le feu, la violence des éléments, plus il y a de victimes, plus il y a d'émotion. Toute mort arrache le cœur. Celle des grands de ce monde, celle des princesses et des stars, mais aussi celle des petites gens du moment dès lors qu'ils font nombre et attirent les caméras. Les reportages et les nécrologies sont les cortèges qui accompagnent les disparus vers leur dernière demeure, les pèlerinages et les tranches de vie de nos nouvelles sociétés.

La mort fait vendre, mais attention : pas le sang. Dans la culture médiatique française (à la différence d'autres, proches ou lointaines), le sang ne doit couler ni en photo ni en film, sauf au cinéma parce que, là, rien n'est vrai, et encore, à la condition qu'il ne s'agisse pas d'un animal. Ce n'est pas que les rédacteurs en chef ou les réalisateurs n'aiment pas le sang, c'est le public qui n'en veut pas, ou pas encore. La presse écrite est plus réservée que les médias télévisés. Les uns ont conservé un peu plus de pudeur que les autres. Ici, on ne doit pas montrer la petite fille engloutie par la boue ni le pompier qui se jette par la fenêtre, ni l'otage exécuté, ni le sang de la corrida. Là, en revanche, on enlève les carrés blancs.

Si la guerre c'est bien, côté image, la chasse ça reste mal. Pourquoi ? Une première explication se cache peut-être dans un mot d'Yvan Audouard : « La chasse, dit-il, c'est comme la guerre, sauf que le lapin, lui, ne tire pas… » Vous n'avez le droit de tirer qu'en état de légitime défense. On peut avancer une autre explication qui, d'une certaine manière, revient au même : à la chasse, on sait d'avance que le gibier va être tué. Or la psychologie médiatique, qui n'aime rien tant que de jouer avec les bons sentiments, trouve cela indécent.

Cela n'empêche pas que la chasse ait marqué de son empreinte le jargon médiatique du journalisme sans peine. Le voici celui qui, « à l'affût », « lève un lièvre », « traque » la vérité, « prend les devants » de l'actualité, renvoie les prétentieux « aux abois », « ameute » les indignés, et « guette » l'imposture, en se réservant quelques cartouches pour la faim. Les métaphores cynégétiques traversent les temps. Elles ne font pas de mal.

Mais ceux qui condamnent l'hypocrisie médiatique s'écoutent-ils parler ? La langue des chasseurs est aussi variée que leur gastronomie. Qui dit que l'on tue à la chasse ? Le chasseur « poursuit », « prend », « prélève »... il « force », « sert », « frappe », « tire », il ne « tue » jamais ! Ces verbes de substitution ne seraient-ils que des mots de passe entre chasseurs ? Une manière pour eux de se reconnaître ? Les étrangers disent que le chasseur « tue », le chasseur jamais.

Alors il ne faudrait pas trop se plaindre des modes et de l'air du temps. Surtout que l'air du temps, c'est très changeant. Pourquoi désespérer ? Il suffit par exemple d'un accès de rage, le retour de la maladie, pour que l'émotion change de camp. On avait oublié que le chasseur, ce n'était pas seulement un homme et son fusil, mais un homme, un fusil et un chien. Le chasseur et son chien ! Sans chien, pour cause de rage, maladie mortelle, plus de chasseur... Du coup, voici le chasseur ré-humanisé dans nos journaux et nos écrans de télévision, plus qu'humanisé même, le voilà élevé à la dignité d'« être civilisé », émouvant, redevenu homme en quelque sorte, parce que l'on découvre qu'il aimait son chien plus que la chasse, la nature plus que la battue.

Ainsi, la chasse cesse d'être incompréhensible quand l'animal humanise le chasseur. Comme quoi, rien n'est jamais perdu. L'abbé de Rancé, cité par Dominique Venner dans son *Dictionnaire amoureux de la chasse*, répondait à celui qui lui demandait où il allait : « Ce matin, je m'en vais prêcher comme un ange, ce soir j'irai chasser comme un diable. »

*François d'Orcival est journaliste, président du comité éditorial des publications du groupe Valmonde.*

# II

# *REGARDS*

# Amour et mort, le paradoxe du chasseur

*BRUNO DE CESSOLE*

*Every one kills what he loves* : le paradoxe d'Oscar Wilde – que l'on ne saurait suspecter d'une quelconque sympathie pour la chasse, lui qui résumait la vénerie du renard chère à ses compatriotes par cette irrésistible formule : « l'infréquentable à la poursuite de l'immangeable » – ne m'a jamais semblé plus pertinent qu'appliqué à l'étrange passion du chasseur, en laquelle l'amour et la mort se confondent.

Avez-vous observé la subite, brutale, métamorphose, qui, au moment crucial de l'action de chasse, lorsque le gibier, au terme d'une longue et hasardeuse poursuite, est enfin à portée de fusil ou de carabine, ou, forcé par les chiens, tient les abois, s'empare du plus civilisé des hommes pour faire de lui un prédateur sans âge, le contemporain de ses lointains ancêtres qui, aux temps immémoriaux de la Préhistoire, traquaient l'aurochs ou affrontaient le tigre à dents de sabre ?

En cet instant de vérité, une fièvre singulière bouleverse le chasseur, qui empourpre ses pommettes, fait briller ses yeux, palpiter son cœur, si fort parfois que la carabine tremble dans ses mains ou que le doigt, malencontreusement, se crispe sur la détente. Quelle est la source de cette émotion, si ce n'est le désir, la joie violente de la capture annoncée et l'angoisse secrète d'un échec si près du but ? Cette fièvre, ce désir, cette ardeur, ce sont les mêmes que l'homme éprouve dans le transport amoureux, lorsque le cœur et le corps exultent de concert, au rythme du sang qui coule plus vite et plus dru dans les veines.

Dirais-je que la chasse et l'amour ne sont qu'une seule et même chose ? Sans doute. Et c'est pourquoi tout homme, comme les femmes le savent bien, est un chasseur, qui parfois s'ignore. De la stratégie au lexique, la métaphore est aisée à filer, qui unit l'amant et le chasseur. Il n'est que d'ouvrir un recueil de poèmes, Lucrèce ou Garcia Lorca, Catulle ou Ronsard, Pétrarque ou Saint-John Perse, pour le vérifier. Pourtant, au terme de sa traque amoureuse, le chasseur tue – pas toujours certes, car la mort est toujours une conclusion aléatoire de la chasse – l'objet de sa passion. Il y a là un mystère, une contradiction qui ne laissent pas de troubler ceux d'entre nous à qui il arrive de s'interroger sur les mobiles et les ressorts de leur attirance pour la cynégétique.

Au risque de choquer, j'avancerai cette hypothèse, peut-être osée mais point absurde, que la mort infligée par le chasseur à sa proie est le substitut de l'impossible possession amoureuse. Parce que le gibier est un animal libre, et que sa dignité est d'être inapprivoisable – à cet égard, rien n'est plus dégradant que la vision d'un animal sauvage domestiqué ou trop familiarisé avec l'homme –, la seule façon de s'en emparer, sans l'humilier, mais, à rebours, en l'honorant, est de le tuer. Particulièrement lorsqu'il est à l'apogée de sa force et de sa beauté, et qu'il ne peut, dès lors, que décliner.

Pour en avoir été maintes fois témoins, nous savons que le premier geste du chasseur digne de ce nom est de lisser le poil du chevreuil ou la plume de la bécasse qu'il vient de tirer, avant même de sacrifier, pour le grand gibier, au vieux rituel germanique de la dernière bouchée glissée entre les lèvres de l'animal et de la brisée, trempée dans le sang et offerte à l'heureux tireur.

Invité à Venise sur le territoire même où Hemingway chassa le canard, dans la lagune de Caorle, il me fut rapporté par le fils du baron Franchetti – l'Alvarito du roman *Au-delà du fleuve et sous les arbres* – que l'écrivain, grande carabine mais fusil très moyen, rapportait rarement une gibecière bien garnie mais s'attardait longuement à caresser le plumage des oiseaux qu'il avait réussi à « accrocher ». Geste où il entre à la fois de l'admiration, de la tendresse, mais aussi une sourde nostalgie, le regret lancinant d'avoir dû tuer pour capturer la beauté...

Si l'on voulait poursuivre le parallèle, les trophées, signes ostensibles de nos bonnes fortunes de chasseurs, dont nous ornons, non sans fierté ou forfanterie, les murs de nos demeures, ne seraient-ils pas le pendant des portraits, des lettres d'amour et des boucles de cheveux des « *mille et tre* » amoureuses de Don Juan, témoignages de ses victoires dans les alcôves ?

Allons plus loin : quel chasseur n'a éprouvé, au terme de la poursuite – et nous savons avec Pascal que la poursuite plus que la prise est l'essence de notre plaisir –, les sentiments mêlés que fait naître la capture prochaine du gibier que nous avons lancé ? Dans *La Dernière Harde,* Maurice Genevoix a décrit d'inoubliable manière l'ultime face-à-face du piqueux La Futaie et du Rouge, le seigneur de la forêt que son chien Tapageaut et lui ont fini par forcer. Lorsqu'il sait d'assurance que le Rouge est sur ses fins, le piqueux sent, après l'exaltation de la longue course à laquelle les ruses du grand cerf l'ont contraint, son cœur se serrer. Inexplicablement.

« Il ne sait quelle blessure vient de l'atteindre au vif de l'être, une molle blessure qui ne fait point souffrir, une plaie doucement béante par où sa force coule et s'en va […] Pourquoi ? Pourquoi ? Il l'a voulu, le grand cerf rouge, le gracieux daguet d'autrefois […] Et il est là debout, la tête levée, les bois hauts, les jambes raidies, grand de toute sa taille devant cet homme et ce chien. Il les regarde en face de lui, le cavalier silencieux, immobile, le chien aussi muet que son maître, qui gronde à peine et tourne, le poil dressé, sans oser s'approcher. Il voit l'homme qui met pied à terre, fouille dans ses fontes avec fébrilité. Il voit le luisant de la lame que l'homme fixe à sa hampe de bois. Elle est large et bleuâtre, elle brille dans le clair de lune. L'homme approche, le Rouge le regarde. Le chien tourne toujours, par-delà cette faible distance qu'il ne peut se résoudre à franchir ; il ne gronde plus, sa queue se serre contre ses jambes. Mais l'homme continue d'avancer, la poitrine et le visage dans l'ombre, avec cette lame qui brille devant lui, et qui tremble. Pendant les derniers pas, il court. L'élan qui le porte en avant a la fureur trébuchante de l'ivresse. Son bras se lève et se balance, la grande lame jette un feu glacé. Elle a presque effleuré la poitrine de la bête. Mais la force qui la dardait a paru se briser tout à coup. Et elle s'arrête, obliquement levée, la hampe appuyée sur la terre, la pointe touchant le pelage sombre. Le Rouge la voit-il encore ? Il regarde les yeux de l'homme. Ses yeux à lui sont grands ouverts, mais la lumière qui s'y reflète efface sous son rayonnement l'expression de leurs regards. L'homme ne voit que deux reflets dorés, deux lueurs limpides et sans fond dont la douceur le touche au visage. Il n'y peut lire qu'une sérénité mystérieuse, ni souvenir, ni haine, ni épouvante. Ce ne sont plus les yeux d'une bête vivante, mais deux étroits abîmes de lumière, d'une transparence infinie, insondable, dont l'immobilité l'attire et le fait se pencher en avant. Brusquement, tout son corps tressaille : il a vu les deux lueurs s'éteindre. Son poing, encore fermé sur la hampe de la dague, sent une poussée très longue, très lourde, le poids d'un grand corps qui s'effondre [...] De lui-même, résolument, il a poussé sa poitrine profonde contre la pointe qui la touchait. Et en même temps, il a plié les deux genoux comme pour se coucher sur la terre, y trouver enfin son repos. »

On me pardonnera cette longue citation, comme on pardonnera à Genevoix, remarquable connaisseur de la vénerie, la licence du romancier qui lui fait décrire une scène irréelle – le cerf abordé de face et qui s'enferre de lui-même sur la dague du piqueux, en une sorte de suicide, ou d'acquiescement à sa mort – tant elle nous introduit au cœur même du sujet. Tour à tour, La Futaie ressent l'euphorie de la poursuite et l'exaltation de la prise, puis au moment de servir le cerf qu'il a vaincu, un serrement de cœur, une défaillance soudaine de son ardeur, qui lui fait suspendre son geste.

Ce trouble, le chasseur à tir le connaît aussi, au moment d'aligner le croisillon de sa lunette sur l'animal qu'il est parvenu à approcher. Il suffit d'une pression sur la détente pour disposer de la mort ou de la vie de celui-ci. Exorbitant pouvoir, en vérité, et qui justifie les quelques secondes d'hésitation fatidiques qui précèdent le coup de tonnerre de la détonation. Dominique Venner a fort bien évoqué le sens dramatique que revêt, dans le silence de la forêt, le claquement soudain d'un coup de feu, qui marque comme un coup de gong la fin de cette dramaturgie qu'est toute partie de chasse. Plus rien après ne sera pareil, et la joie pure des petits matins de chasse, de l'innocence de l'aube, se diluera en cette tristesse indicible qui accompagne le déclin du jour, lorsque le disque rouge du soleil descend peu à peu derrière la cime des arbres ou que l'obscurité estompe les contours de la forêt, tandis que le froid et l'humidité font frissonner le chasseur. Auprès de l'animal dont il vient d'ôter la vie, quel « tueur amoureux » ne connaît alors cette mélancolie d'après l'amour, ce sentiment de la vanité des vanités, que ressasse l'Ecclésiaste ? C'est ici, au vrai, que se vérifie la justesse du « post coïtum omne animal triste ».

Peu à peu – et l'on ne peut que renvoyer aux pages éblouissantes de justesse et de sensibilité que Pierre Moinot a consacrées, dans *Le Guetteur d'ombres*, à ce moment particulier – l'iris du cerf ou du chevreuil mort se ternit, tandis que s'éteint la dernière lueur qui animait sa prunelle. Les membres perdent leur souplesse pour acquérir la rigidité cadavérique. Ce qui était, quelques instants auparavant, la fière ou la gracieuse incarnation d'une beauté sauvage, devient une pitoyable dépouille, une charogne promise à l'inéluctable décomposition. Et cette insidieuse mélancolie gagne plus de force encore au terme de l'hallali, lorsque l'animal de meute porté bas, survient, et pour citer Genevoix encore, « l'accomplissement sans joie, presque morne, des besognes inévitables », le dépeçage du corps, puis le cérémonial, à la fois civilisé et sauvage, de la curée, que commente et transcende la poignante mélopée des trompes, dont le silence de la nuit semble prolonger au loin les échos.

S'il en est ainsi, objecteront certains, si la mélancolie est le couronnement de l'immémoriale dramaturgie de la chasse, pourquoi continuer à obéir à notre instinct de prédateur ? Sans doute parce que la chasse, comme l'amour, ne se raisonne pas. Ce formidable concentré d'émotions est par-delà le bien et le mal, par-delà la rationalité et la compassion. De même qu'Eros et Thanatos cheminent botte à botte, de même la mort est inséparable de la chasse. Une utopie écologiste pourrait imaginer un simulacre anodin où l'on substituerait un leurre à l'animal, ou même un tir réel qui se contenterait d'endormir le gibier, permettant au chasseur de prendre la pose devant son trophée, comme cela se pratique déjà, en Afrique du Sud, avec quelques espèces protégées, pour quelques poignées de dollars. Est-il nécessaire d'épiloguer sur le ridicule et l'absurdité de ce trompe-l'œil, dégradant pour l'amour-propre du chasseur comme pour la noblesse de l'animal ? Sans s'abriter derrière l'alibi rationnel qu'est la nécessité de réguler des populations d'animaux en expansion, sans user de ces prudentes périphrases qui remplacent le mot tuer par celui de prélever, le chasseur doit assumer le rôle sacrificiel qu'il est le seul à jouer dans le cycle éternel de la nature, où tout est métamorphose, où la vie naît de la mort même. À condition qu'il se garde d'oublier qu'Actéon fut châtié non pour son amour de la chasse, mais pour avoir cédé à la tentation de la démesure.

*Bruno de Cessole est journaliste, rédacteur en chef de la revue* Jours de Chasse.

# Le dernier face-à-face avec le cerf

*PHILIPPE DULAC*

Je chasse à courre depuis quarante-quatre ans. Je vais entamer ma trentième saison de maître d'équipage. J'ai moi-même pris ou vu prendre huit cents cerfs. Et j'ai investi dans la vénerie la part la plus précieuse de ma vie – ma liberté. Je veux donc porter témoignage.

Au préalable, je tiens à souligner combien il s'agit à mes yeux d'une question grave et difficile. D'abord, parce que la perception de la mort a changé dans nos sociétés.

Nous avons vécu, nous européens, pendant très longtemps sous l'empire de la vision judéo-chrétienne de la destinée. Passage d'un monde dans un autre, la mort était acceptée comme une étape. Viscéralement redoutée, elle était spirituellement assumée. Créé par Dieu à son image, l'homme en mourant quittait les siens rassemblés à son chevet pour pénétrer aussitôt dans un autre monde organisé – celui de la société des âmes. Avec la perspective ultime de la résurrection de la chair, la mort était un moment grave, mais elle n'était pas une fin.

On hésiterait à dire que, pour la plupart, nos contemporains adhèrent encore à cette vision quasi institutionnelle. Baigné dans une civilisation hédoniste – car le bonheur n'est vraiment plus une « idée neuve en Europe » – augmentée depuis peu d'une aspiration obsessive à la sécurité, l'homme moderne accueille la mort avec une réaction d'incompréhension et de refoulement. La faire reculer sur tous les fronts – dans les statistiques, dans les hôpitaux et même à la guerre – est une priorité absolue. En définitive, c'est comme si la vie elle-même était devenue le dieu des Temps modernes, de sorte que la mort apparaît comme le mal en soi. En tout cas, elle est l'imperfection tragique d'une condition humaine qui n'a cessé de progresser.

Dur défi pour la chasse, qui conduit à donner la mort !

D'autant qu'une autre perception tend également à changer : celle du positionnement de l'homme par rapport à l'animal. Depuis que l'on s'interroge sur l'essence de l'être, on n'a jamais cessé de débattre sur le point de savoir si l'homme relève d'un ordre radicalement différent de l'animal ou si, au contraire, il existe un continuum du vivant qui comporte certes une hiérarchie mais aucune cloison étanche.

En caricaturant quelque peu, on pourrait dire que la pensée dominante a, depuis vingt-sept siècles, tendu à décrire un cercle. On part des philosophes grecs anciens pour lesquels dieux, hommes et animaux, vivent dans un univers commun au point que l'âme passe successivement d'une catégorie d'êtres à une autre. Pythagore formule la théorie de la transmigration des âmes – ou métempsycose – et en déduit qu'il faut être végétarien. Pendant trois siècles – jusqu'à Platon compris – la métaphysique en Grèce vivra sur cette conviction. Il faudra attendre Aristote, et surtout la pensée stoïcienne qui inspirera largement la vision de Rome sur le sujet, pour arriver au constat que, s'ils partagent certains caractères comme le souffle de vie et la sensibilité, l'homme et l'animal ressortissent à deux ordres du vivant profondément différents.

La venue du christianisme et le règne de l'Église pendant des siècles viendront donner à cette évolution une tournure radicale. D'un côté l'homme, créature divine assurée de l'immortalité, de l'autre, « les bestiaux » et « les bestioles », comme on dit dans la Genèse, voués à périr et mis à la disposition de l'homme pour qu'il en jouisse. Pour faire bonne mesure, des métaphysiciens chrétiens donneront des animaux une vision conduisant jusqu'à la négation de tout devoir à leur égard. Descartes les affuble de la singulière théorie de l'animal machine. Malebranche renchérit en disant : « Je bats mon chien puisqu'il n'a pas d'âme. »

Mais le vent tourne au Siècle des Lumières. Profitant d'une remise en cause du dogme de l'Église et d'une connaissance des espèces animales en très net progrès, les « philosophes », comme Diderot, remettent en question cette dualité simpliste et apportent beaucoup d'arguments à une nouvelle vision du continuum du vivant. Les matérialistes vont évidemment le plus loin.

De nos jours, tous les penseurs admettent que la conscience – c'est-à-dire la capacité à se regarder soi-même et à penser sa propre destinée – est le privilège de l'homme. Cependant, beaucoup, tel Claude Lévi-Strauss, ne reconnaissent plus à l'homme la souveraineté sans partage sur la création que la Genèse lui avait concédée. La prise de conscience anxieuse qu'il ne sait pas gérer avec sagesse la planète Terre va dans ce sens. Si l'on ajoute que la société citadine a privé la plupart de nos contemporains de lien direct avec les choses de la nature, tout en confiant à l'animal de compagnie le soin de pallier les effets de la détérioration du lien social, on comprend que l'opinion tende à considérer qu'il faut traiter les bêtes avec les mêmes égards que l'homme. Et Paul McCartney, figure emblématique des puissants mouvements anglo-saxons de « l'animal *welfare* », préconise un engagement végétarien. À vingt-sept siècles de distance, les Beatles rejoignent Pythagore et la boucle semble fermée.

Dur défi pour la chasse, décidément ! Pour le relever, nous ne pouvons que questionner notre démarche et tenter de nous expliquer. Je voudrais donc ouvrir deux perspectives et m'arrêter sur un moment.

La première perspective s'appelle la loi naturelle.

Plus qu'aucune autre forme de chasse – à l'exception de la fauconnerie – la vénerie consiste à chasser par procuration, en confiant à des animaux proches de l'homme, mais animés par un instinct de prédation intact, le soin de prendre un animal sauvage. Il faut noter que le chien intervient à des degrés inégaux dans la plupart des modes de chasse – et toujours en valorisant l'acte de chasse. Mais la vénerie naquit le jour où un homme décida de partir à la chasse avec ses seuls chiens, en s'interdisant d'utiliser quelque autre moyen que ce soit – pièges, toiles, lance, arc, pour ne pas parler de l'arme à feu qui naissait à peine. On renonça également aux lévriers qui ne chassent qu'à vue et aux mâtins qui ne chassent qu'à force. Et l'on inventa, avec une meute pure de chiens d'ordre, le mode de chasse qui est la fois le plus naturel et le plus civilisé. Nous étions au seuil de la Renaissance.

Ainsi donc, la vénerie repose exclusivement sur la confrontation des instincts antagonistes du chien et de l'animal chassé. Le cerf refuse le contact avec les chiens qu'il ressent comme des agresseurs, et cherche son salut dans la fuite et les ruses destinées à les dépister. Le chien, de son côté, met toute sa finesse de nez et son énergie à garder le fil qui le relie au cerf et qui s'appelle la voie. Cela pourrait passer pour un jeu d'échecs purement conventionnel. En fait, les choses se passent ainsi parce que ces comportements sont inscrits au plus profond des gènes du cerf et du chien. Le cerf se défend de la même manière depuis qu'il est apparu sur terre. Le chien pour sa part n'a rien appris de l'homme. Il tient ses ressources du créateur ou de l'évolution – comme on voudra – qui donnèrent au loup un cousin. C'est ce que l'on appelle la loi naturelle.

Et de même que la loi naturelle dicte à des quadrupèdes carnivores de poursuivre un quadrupède herbivore afin de s'en emparer, de même elle dicte au cerf la fuite et l'esquive bien qu'il soit cinq fois plus gros que chaque chien. Et qu'arriverait-il si le cerf refusait de fuir et négligeait superbement les chiens ? Eh bien, la vénerie du cerf n'existerait pas.

Ce jeu de rôles – qui n'est pas innocent puisqu'il mobilise toutes les ressources de chacun et débouche sur la mort de l'animal pris – est un exemple parmi des milliers d'autres des antagonismes programmés qui sous-tendent la construction de la nature et assurent son équilibre. Car la nature n'est pas douce et bonne. Elle est cruelle et sans pitié – ce qui échappe à ceux qui la connaissent à travers les dessins animés ou les bandes dessinées. Le loup tue l'agneau, le renard tue le lapin, la buse tue la perdrix, la perdrix mange les insectes, les insectes mangent les feuilles, les feuilles se nourrissent de la sève puisée dans l'humus en décomposition... Dans la nature, la vie triomphante et la mort terrible sont indissolublement liées.

Que faut-il donc penser de la victoire à travers la chasse de l'espèce dominante et de la défaite de l'espèce dominée ? À l'évidence, elle échappe aux catégories morales du bien et du mal. La mort dans la nature est l'accomplissement de la destinée de chacun et la condition de la poursuite de la vie des autres. Et si l'homme s'arroge le droit de corriger le fonctionnement de la nature – comme le fit Hitler en interdisant le chien courant en Allemagne en 1936 – il ouvre une boîte de Pandore dont il est presque sûr qu'il sortira un jour quelque monstruosité.

Ma seconde perspective pourrait s'intituler – en paraphrasant Montaigne – « chasse sans art n'est que ruine de l'âme ». Certains pourront dire : « Dans le règne sauvage, les espèces s'entredévorent ? Fort bien, laissez-les faire. » Ni la manipulation ni le voyeurisme ne seraient des attitudes estimables – à supposer qu'on puisse faire abstraction du besoin de réguler les espèces.

C'est évidemment un point central. En un mot, le plaisir de chasser est-il acceptable ? À ce point du débat, la question n'est plus de savoir si la mort est admissible au regard de l'animal qui la subit, mais au regard de l'homme qui la donne. Si le plaisir de chasser se réduisait au plaisir de tuer, la réponse serait très probablement non. Mais tuer est la conséquence logique – même si elle reste aléatoire, car le veneur prend en moyenne une fois sur quatre – de l'action de chasse, ce n'en est pas l'essence.

Arrêtons-nous un instant sur ce point.

Une vision psychanalytique très simplificatrice pourrait conduire à soutenir que la chasse et la guerre ont fourni aux hommes une issue à la pulsion de mort qui, selon Freud, gît peu ou prou au fond de chacun d'eux. Des interdits très forts – à commencer par le premier des commandements de Dieu reçus par Moïse – auraient jugulé cette pulsion, mais celle-ci serait toujours susceptible de refaire surface. Dès lors une certaine vision du « sens de l'Histoire » voudrait que le progrès de l'entendement et de la civilisation conduise à bannir peu à peu non seulement la guerre mais aussi la chasse.

Je me suis posé la question, en me regardant dans ma glace quand je m'habille au petit matin pour partir à la chasse : ma démarche, certes canalisée par beaucoup de règles et inspirée d'un souci d'élégance, serait-elle, au fond du fond, motivée par une pulsion de mort ? Les brumes de l'inconscient sont certes épaisses. Pourtant, je ne le crois pas. J'assume, certes, sans détour, la mort que je vais peut-être donner. Mais mon plaisir de chasser est ailleurs. S'il était là, j'eus mieux fait d'exercer le métier d'abatteur car les occasions de satisfaction eussent été innombrables…

Soyons un peu plus soucieux de comprendre. La chasse, d'après la définition qu'en donne la loi, consiste dans la recherche et la capture du gibier. Rechercher pour tenter de capturer, voilà la démarche du chasseur. Elle suppose la mise en œuvre de toutes sortes de savoirs et lui apporte toutes sortes d'émotions. Tout est là, et la vénerie répond pleinement à cette double postulation.

Quant aux savoirs, la science du veneur expérimenté peut être considérée comme estimable et parfois admirable. Elle a inspiré l'écriture de centaines de traités depuis des siècles. Le plus ancien est celui consacré par Xénophon au courre du lièvre au IVe siècle avant Jésus-Christ. Et depuis la fin du Moyen Âge, chaque époque a apporté sa contribution à cet impressionnant édifice : Gaston Phébus, du Fouilloux, Salnove, d'Yauville, le Coulteux de Canteleu sont quelques-uns des monuments les plus connus. Mais il existe des centaines d'autres ouvrages car la vénerie a toujours inspiré à ses fidèles le besoin de théoriser et de transmettre le savoir patiemment acquis de l'expérience. Science des animaux, science du chien, science de la forêt, science de la voie... Le veneur pénètre au cœur de quelques-uns des mystères de la nature. Il y trouve un motif de jubilation parfois, mais aussi des motifs de très grande humilité. Car on ne maîtrise jamais complètement tous ces secrets. Chaque chasse est une immersion au cœur d'un monde énigmatique dont on ne se lasse jamais.

L'émotion, la vénerie n'en est pas avare. Combien de moments et de visions qui touchent l'âme ! Il en est qu'on n'oublie jamais ! L'esthétique baigne la vénerie. La beauté de tous les éléments qui la composent (la forêt, le cerf, les chiens, les chevaux, le son de la trompe, les couleurs des tenues...) a inspiré d'innombrables artistes – peintres, sculpteurs, et même musiciens. Mais l'émotion ne vient pas seulement du spectacle, elle procède aussi du fait que chaque chasse est une histoire. Et cette histoire vous prend souvent complètement. La poursuite, l'allégresse, l'effort, la ténacité, l'échec ou l'accomplissement... La chasse emmène ceux qu'elle séduit sur une autre planète et leur fait oublier le monde de tous les jours.

L'art de la chasse – nourri de savoirs et générateur d'émotions – met le veneur à l'abri du soupçon d'être mû fondamentalement par l'appétit de tuer. Et pourtant, on tue bien !

Oui, en paraphrasant Cyrano de Bergerac, je pourrais dire : « À la fin de l'envoi, je tue. » Je vais donc m'arrêter maintenant sur ce moment – afin qu'il ne soit pas dit que je l'ai escamoté –, le moment de la mort de l'animal qui est pris. Que retient-on du dernier regard du cerf, qu'il m'est souvent arrivé de croiser ?

Dans les profondeurs de la forêt, les chiens coiffent eux-mêmes l'animal pris – c'est-à-dire le portent bas et le tuent – lorsqu'il s'agit d'un chevreuil, d'un renard, d'un lièvre ou d'un lapin. Ils font eux-mêmes jusqu'au bout leur besogne de prédateurs. Mais quand il s'agit d'un cerf ou d'un sanglier, ils ne le peuvent pas. L'animal pris tient tête à la meute. C'est le signe indubitable de sa défaite, mais les chiens s'en tiennent le plus souvent à bonne distance. Contrairement à ce que beaucoup d'artistes du passé se sont plu à dépeindre avec emphase – mais probablement sans savoir et de manière fallacieuse – ce face-à-face ne tourne pas au combat virulent et sanglant où l'on voit le cerf aux yeux exorbités couvert d'une grappe de chiens féroces prêts à le dévorer. Le chien d'ordre est certes un prédateur, mais au second degré. En face d'animaux trop grands ou trop gros pour lui, il laisse faire l'homme. Ainsi, l'animal pris, la meute et les hommes vivent-ils à eux trois l'hallali.

Quand on se sent acteur et non voyeur, c'est un moment de grande tension – physique parfois, morale toujours. Quand j'y réfléchis, il me semble que c'est un moment où l'esprit du veneur est traversé par des sentiments contradictoires. Il est heureux de l'aboutissement de sa chasse – car on ne le dira jamais assez, celle-ci est difficile et aléatoire. On est content pour ses chiens, pour l'équipage et pour soi. Mais c'est aussi un moment d'anxiété. On a le souci d'aller vite pour épargner au cerf l'outrage d'une fin qui traîne, et aux chiens les effets de la mauvaise humeur d'un animal susceptible de les charger. Enfin, c'est aussi un moment de mélancolie, car à la fin – me croira-t-on ? – on aime l'animal qu'on chasse. C'est sans doute le plus grand paradoxe de la vénerie : un veneur aime sa forêt et ses chiens, mais il aime aussi ses animaux. Il aime le tout. À la fin, quand il prend, il « sert » l'animal – observons qu'on emploie le même vocable pour ce faire que pour « servir les chiens ». Il accomplit ce geste parce que c'est la règle du jeu pour les chiens, non point parce qu'il y trouve un plaisir. Dans chaque équipage, on laisse d'ailleurs faire un ou deux spécialistes. En définitive, les veneurs éprouvent pour les animaux qu'ils prennent un mélange de respect – toujours, d'admiration – parfois, de compassion – souvent. Ce n'est jamais un moment de jubilation ou d'indifférence, contrairement à certains clichés.

Et pour aller jusqu'au bout, que peut éprouver l'animal qui va mourir ? Il est mû du début à la fin de la chasse par l'instinct de conservation. C'est-à-dire par le souci de se débarrasser des chiens – pas par celui de se débarrasser des hommes, dont il peut au contraire chercher à se rapprocher lorsqu'il a épuisé ses défenses vis-à-vis des chiens. Cherche-t-il à éviter la mort ? Il faudrait pour cela qu'il se la représente, comme l'homme ne cesse de le faire pendant toute sa vie. Mais lui cherche à échapper à l'emprise des chiens pour retrouver sa vie d'animal libre. Il cherche donc à éviter la prise plutôt que la mort.

Certains diront que cela revient au même. Il existe pourtant, à ce moment, entre l'animal et l'homme, toute la distance qui sépare l'instinct de la conscience. La formule de Husserl, selon qui l'animal périt alors que l'homme meurt, illustre cet écart. Dans les deux cas, la vie biologique s'arrête, mais l'événement n'a pas la même portée, ni en définitive la même nature. Rousseau, dont on connaît les penchants naturalistes et qu'on ne peut certes pas soupçonner de dogmatisme religieux, faisait de la représentation de la mort l'une des quatre caractéristiques propres de l'homme et ajoutait : « Jamais l'animal ne saura ce que c'est que mourir. »

Lorsque le cerf est servi par l'homme, la meute tout d'un coup se tait. Après la tension et le tumulte des abois, le silence et le vide s'abattent sur la forêt. Plus grand-chose ne bouge. C'est comme si, curieusement, ceux qui continuent de vivre – les arbres, les chiens, les hommes – se recueillaient sur l'instant qui vient de passer. Les trompes sonnent « l'hallali par terre ». Les veneurs se découvrent et saluent l'animal qui vient de mourir.

En réfléchissant à ce moment très particulier que je vis toujours avec émotion, je crois que le veneur ressent confusément le fait que tous les protagonistes ont accompli leur destin. Le cerf est pris. Les chiens ont pris. L'homme a été, selon les cas, l'acteur ou le témoin, de ce drame.

Un drame où se rencontrent la joie et le tragique, la promesse et la fin, le doute et la ténacité, l'élégance et la force... N'est-ce pas, en raccourci, le drame de notre propre vie ? Un veneur campagnard à l'ancienne écrivit, il y a un peu plus de cinquante ans : « L'homme qui a chassé, chassera toujours. Et pourquoi ne chasserait-il pas ? Le monde est-il donc autre chose qu'une grande chasse, où tout ce qui vit est chasseur ? » Aux yeux de beaucoup de vieux veneurs en effet, notre vie ne serait qu'une longue chasse. En ce sens on pourrait dire, peut-être, que chasser c'est apprendre à mourir.

*Philippe Dulac, inspecteur des finances, est président de la Société de vénerie et de l'Association française des équipages de vénerie.*

# La mise en scène du sacrifice

*RAPHAËL ABRILLE*

Dans son *Essai sur l'histoire de la mort en Occident, du Moyen Âge à nos jours*, Philippe Ariès invite à percevoir ce que peut ressentir l'Occidental moderne à la vue d'un trophée de chasse : « L'attitude ancienne où la mort était à la fois familière, proche et atténuée, indifférente, s'oppose à la nôtre où la mort fait peur au point que nous n'osons plus dire son nom[1]. » Notre attitude face à la mort, peut-être le dernier tabou de nos sociétés, repose sur une forme de pudeur qui tend à l'abstraire le plus possible. Face à l'exhibition que constitue une galerie de trophées, un rejet se manifeste volontiers de nos jours. L'image négative que véhicule la chasse aujourd'hui

1. Ariès (Philippe), *Essai sur l'histoire de la mort en Occident, du Moyen Âge à nos jours*, Paris, Seuil, 1975.

n'encourage pas davantage une analyse dépassionnée du sujet. Pourtant, l'étude des phénomènes qui motivent le chasseur à s'entourer de cadavres animaliers éclaire l'attitude culturelle paradoxale et profondément originale de ce dernier face à la mort.

Le terme « trophée » désigne à l'origine un tronc d'arbre revêtu des dépouilles des ennemis vaincus. Cette mise en scène, forme de grâce rendue au divin pour avoir favorisé la victoire, se teinte d'emblée d'une forte dimension religieuse. Le trophée animalier navigue dans un espace paradoxal, à la fois image exhibée de victoire sur le sauvage et support d'une méditation sur la mort.

Cette « mort exhibée » est bien connue des amateurs de châteaux où elle s'exprime avec emphase dans les galeries de trophées. Ces rassemblements, objets de mises en scène soignées, permettent de ressentir à quel degré l'image du trophée s'y veut celle de la victoire de l'homme sur le sauvage. Mais derrière l'accumulation triomphale se dissimule une attitude plus subtile qu'une analyse attentive distingue de la simple volonté d'exhiber les dépouilles de bêtes vaincues.

Cette nuance permet d'appréhender l'attitude de bien des chasseurs modernes. La chasse contemporaine ne revendique pas pour finalité la mort de l'animal, n'en reconnaissant que le fatal dénouement. Or donner la mort n'est pas exempt d'un plaisir difficile à exprimer aujourd'hui. La « mort refoulée » est dès lors justifiée par trois types de discours.

Le premier tend à transformer le meurtre en sacrifice, conférant au trophée de l'animal – ainsi anobli – un rôle sacré dans sa propre mort.

Le deuxième est d'ordre affectif, justifiant un besoin de s'entourer – dans la sphère domestique ou vestimentaire – d'objets réalisés à partir d'éléments corporels de l'animal. Le trophée y devient une manifestation du respect dévolu à l'animal défunt dont il ne saurait être question de laisser la dépouille vouée à la putréfaction.

Le troisième, qui tend à être le discours officiel depuis le milieu du siècle dernier, est d'ordre scientifique. Il se révèle essentiellement dans la mise en avant des impératifs de gestion de la chasse contemporaine. Pour fort valables qu'ils soient, ils n'en dissimulent pas moins une forme de justification qui transforme le trophée en un virginal support de réflexions érudites, aux antipodes de toute forme de discours passionnel et sensible.

Ce serait donc au travers des arts plastiques que le trophée assumerait pleinement cette sensibilité, en apparence paradoxale, du chasseur face à la mort. Cette « mort sublimée » par l'audacieuse reconnaissance de sa beauté plastique se révèle à travers la nature morte de gibier, son expression esthétique et son discours symbolique. À la croisée de ces trois attitudes, on trouve la série des trophées peints en trompe-l'œil pour Louis XV qui doit s'envisager à la fois comme l'exhibition d'un tableau de chasse et comme un précieux document d'histoire naturelle, sublimé par l'artifice de l'art et du goût pour la curiosité.

## La mort exhibée : la victoire de la culture sur la nature

Les principes qui fondent la mise en scène classique de la galerie de trophées s'enracinent dans la vision grecque du rapport de l'homme au sauvage[1]. Dans la culture grecque, la chasse est consubstantielle à cette idée d'humanité qui est la conscience de sa différence en regard de la divinité et de l'animalité. L'animal constitue un danger pour l'homme qui doit faire appel aux ressources collectives de la cité pour assurer sa survie. Paradoxalement, la Grèce développe l'imaginaire d'une chasse héroïque et solitaire dont Héraclès est la figure clé. C'est une métaphore héroïque de victoire que le héros revêt en même temps que la peau du lion de Némée. Celle-

1. Sur ce sujet, cf. Schnapp (Alain), *Le Chasseur et la cité, chasse et érotique dans la Grèce ancienne*, Paris, Albin Michel, 1997, p. 19, et « Image et imaginaire de la chasse en Grèce antique », in *L'Imaginaire de la chasse. Hier et demain*, atelier CRC France, 1998, p. 32-39.

ci se mue en un trophée qui est le signe de la sauvagerie dominée par l'humanité. Le mythe de Méléagre nous dit la forte valeur symbolique du trophée. Ce héros qui assassine ses oncles pour offrir à la dame de ses pensées la hure de sanglier qu'ils convoitaient n'est pas un cas isolé. Homère évoque le tumulte et la grande clameur des chasseurs « qui auraient la hure et la peau velue[1] ».

À Rome, Plutarque signale le geste de Mamerus qui, après avoir tué un sanglier qui ravageait la contrée, fait présent de la hure à son épouse[2]. On estime que les chasseurs conservaient pour eux leurs trophées de chasse. L'ouvrage de Manilius, dédié à la science astronomique, place sous le signe astrologique du lion la naissance des grands chasseurs qui « suspendent leurs trophées aux murs de leur maison[3] ».

La culture celtique est le creuset d'une vision sacralisante du trophée. Les Gaulois élevaient des effigies à tête de cerf en l'honneur des divinités protectrices des forêts et du gibier. Au socle de ces statues, on accrochait les pieds des plus beaux animaux pris à la chasse[4].

1. Homère, *Iliade*, IX, 548, cité par Aymar (Jacques), *Les Chasses romaines*, Paris, de Boccard, 1951.
2. Plutarque, *Parall.*, 26, p. 312 A et B, cité par Aymar, *op. cit.*
3. Manilius, *Astronomia*, IV, p. 180 et suiv., cité par Aymar, *op. cit.*
4. Marolles (Gaston de), *Langages et termes de vénerie. Étude historique, philologique et critique*, Paris, Romain, 1906.

Dans la France d'Ancien Régime, à la domination du sauvage vient s'ajouter la démonstration d'un privilège. En France, la chasse est interdite aux roturiers depuis 1396[1]. Exposer un trophée revient dès lors à exhiber son droit à la chasse, donc son appartenance à une frange désignée comme supérieure de la société[2]. La galerie de trophées matérialise cette logique dès avant la promulgation de la première loi de restriction ainsi que le laissent entendre les archives du château du Vieil Hesdin (construit vers 1295) qui mentionnent la présence de « têtes de sangliers » sur les murs de la « sale[3] ». Au XIV<sup>e</sup> siècle, on mentionne plusieurs de ces figures de la cynégétique[4]. Jean II le Bon possède une figure de cerf au Louvre. Elle est à rapprocher du « ranchier » (renne) que Jean de Berry, son fils, fait placer en haut de l'escalier de sa résidence de Bourges.

Les premiers exemples conservés sont datables des XV<sup>e</sup> et XVI<sup>e</sup> siècles. Les archives municipales d'Angers mentionnent la maison d'Eventard,

1. Isambert, *Recueil des anciennes lois françaises*, Paris, 1828, t. IV, p. 770-771.
2. Sur ce sujet cf. Salvadori (Philippe), *La Chasse sous l'Ancien Régime*, Paris, Fayard, 1996, p. 18 et suiv.
3. Gardelles (Jacques), « La chasse dans l'architecture et le décor des châteaux au Moyen Âge », *in* Chastel (André) (dir.), *Le Château, la chasse et la forêt*, collection « Les Cahiers de Commarque », Sud-Ouest, 1990, p. 129-139.
4. Merindol (Christian de), « De la hiérarchie de la symbolique des chasses à la fin du Moyen Âge. Emblématique et art », *in* Chastel (André) (dir.), *op. cit.*, p. 143-161.

« maison de plaisance des évêques d'Angers », dans laquelle une galerie était « enrichie de huit figures de cerf en relief très artistiquement travaillées, au col desquels pendent des écus aux armes des évêques[1] ». Il n'y est fait nulle mention de véritables bois de cerfs mais la description est suffisamment précise pour rapprocher cette galerie d'ensembles contemporains conservés où l'on peut voir la typologie classique des bois de cerfs naturels assujettis à des figures sculptées. On citera la cheminée du château de Filain, celle du château de Châteaudun, qui s'orne d'un « cerf à la reposée », ou encore les exemples conservés proches de la description d'Angers que sont les salles des cerfs des châteaux de Claud et de Louÿe. Enfin, il faut réserver une place à la spectaculaire galerie des cerfs du château de Mesnières, datée vers 1540 et heureusement conservée, et aux exceptionnelles galeries des cerfs des châteaux de Chantilly et de Nancy, hélas disparues.

Les rois de France sont aux avant-postes de ces rassemblements. Louis XII fait venir des trophées de fort loin pour former l'archétypale galerie de Blois. Ce décor a disparu mais on le connaît par deux descriptions contemporaines de visiteurs italiens, notamment celle de Béatis qui, en 1517, la voit « ornée [...] de cornes de vrais cerfs posées sur des

1. Merindol, *op. cit.*

cerfs en bois sculptés coloriés et assez bien imités[1] ». François 1er poursuit la tradition familiale à Fontainebleau où il conçoit la galerie des cerfs à partir de têtes et de pieds spécialement acheminés depuis le Louvre[2]. Henri IV amplifie singulièrement le programme. Le premier des Bourbons reprend à son compte la galerie initiée par François Ier. Les murs sont ornés de quinze cartes peintes représentant les résidences royales. S'y apposent quarante-trois trophées dont certains sont de provenance étrangère[3]. Le roi lui adjoint une seconde galerie dévolue à la présentation des chevreuils[4]. Cet éblouissant ensemble sert de parcours officiel aux visites des dignitaires étrangers reçus à Fontainebleau.

Le duc Wolfgang II de Hohenhole ne manque pas d'être impressionné lors de sa venue. Avide de dépasser le modèle bellifontain, il fait réaliser vers 1600, pour son palais de Weikersheim, un époustouflant décor de stucs peints portant ramures de cerfs

1. Beatis (A. de), *Voyage du cardinal d'Aragon en Allemagne, Hollande, Belgique, France et Italie (1517-1518)*, éd. et trad. M. Havard de La Montagne, Paris, 1913, p. 196. Pour le second témoignage connu, cf. Tommaseo (trad.), *Ambassadeurs vénitiens*, t. I, p. 29, cité par La Ferrière (Hector de), *La Chasse sous les Valois*, Paris, Aubry, 1869, p. 16-17.

2. Laborde (Léon de), *Les Comptes des Bâtiments du Roi, 1528-1571*, Paris, 1877-1880.

3. Venner (Dominique), *Dictionnaire amoureux de la chasse*, Paris, Plon, 2002, p. 194. Voir aussi Luynes (Charles Philippe Albert duc de), *Mémoires du duc de Luynes sur la cour de Louis XV (1735-1758)*, t. X, Paris, Firmin Didot, 1860-1865, p. 36-37.

4. La galerie n'existe plus mais on en conserve une bonne description. Cf. Dan, *Le Trésor des merveilles de la maison royale de Fontainebleau*, livre II, Paris, Cramoisy, 1642, p. 155-159.

ou de daims, dents d'ours et même défenses d'éléphants. L'Allemagne développe dès lors une spectaculaire théorie de galeries de trophées où la qualité des bois rassemblés est sans égale. Constituée au XVII^e siècle, la galerie des cerfs du château d'Erbach demeure l'une des plus significatives même si elle n'égale pas le rassemblement mythique du château de Moritzburg. Parmi les trophées soigneusement annotés de ce pavillon de chasse, on trouve celui connu sous le nom de « grand 24 cors faux-marqué ». Lors de sa mensuration en 1969, c'était la ramure de cerf élaphe rouge occidental la plus puissante jamais observée. La vedette des lieux revient pourtant au mythique trophée du « 66 cors de Moritzburg[1] », objet d'un échange officiel entre le prince électeur de Saxe Auguste le Fort et le roi de Prusse Frédéric-Guillaume I^er, conclu en ces termes : « Si votre Altesse [Frédéric-Guillaume] me cède la tête du grand cerf à bois de soixante-six pointes, je l'autoriserai à lever sur mes États une compagnie de grenadiers[2]. » Les multiples interprétations artistiques inspirées par ce trophée ne sont pas étrangères au mythe qu'il véhicule. Sculptures, peintures, gravures, instruments de chasse et pièces

1. Hobusch (Erich), « Chasse au trophée d'exception », in *Histoire de la chasse des origines à nos jours*, Paris, Pygmalion, 1980, pour l'édition française, p. 261-265.
2. Cité dans Venner, *op. cit.*, p. 193.

d'orfèvrerie sont autant d'images du véritable trophée placé, lui, au centre du château, dans la salle dite « du monstre ».

Des indices disséminés au fil de ces exemples montrent qu'on aurait tort de limiter l'interprétation de la galerie de trophées à un simple étalage triomphal. Le cas de Moritzburg place le trophée au centre d'un rituel du don et du contre-don qui est une constante des rapports des élites seigneuriales depuis l'âge du bronze. On sait l'importance que revêt le don de la hure par Méléagre et combien les chroniqueurs du temps notent que la ramure de cerf qui orne le jardin de Blois est un présent fait au « roi Louis[1] ». Les anciennes coutumes de chasse multiplient les rituels de don de tout ou partie de la dépouille de l'animal à son ayant droit légal. L'importance du pied est attestée dès l'époque romaine. En vénerie, le don du pied droit de l'animal courru est un des moments forts du cérémonial qui suit le dépeçage de l'animal. Remis au chasseur le plus méritant, il se pare d'une taxidermie très particulière à partir du XVIIIe siècle, signe de son importance.

L'exemple de Moritzburg montre également la volonté des princes d'afficher la conséquence de leur droit à la chasse et, plus particulièrement, à chasser

1. Beatis, *op. cit.*, et Tommaseo, cité par La Ferrière, *op. cit.*

le cerf. Il est en effet une constante à ces galeries qui consiste à exhiber prioritairement des trophées de cerfs.

La variété linguistique suffit à considérer l'importance du grand cervidé. Les bois sont désignés successivement par les termes « teste », « armes », « défenses », « dagues », puis « ramures » et « branches » à partir du XIIIe siècle[1].

Fréquemment associé à l'image de la suzeraineté, le cerf est une figure classique du blason et se trouve représenté sur de nombreuses armoiries[2]. Or, si l'héraldique n'est pas réservée à la noblesse, elle prend naissance sur les champs de bataille occidentaux du Moyen Âge comme signe distinctif des nobles belligérants qui s'y affrontent. Les rois de France usent de l'image du cerf à leur propre compte dans ce qui peut être davantage considéré comme de la para-héraldique. La justice royale s'exerce sous la figure d'un cerf blanc qui orne la grande salle du palais de la Cité depuis 1364[3]. Charles VI fait du cerf volant blanc sa devise principale, suivi en cela par tous ses successeurs jusqu'en 1515.

La chasse du cerf est royale par essence. Dans la France d'Ancien Régime, elle ne peut être pratiquée

---

1. Marolles, *op. cit.*, p. 82, 263 et 268.
2. Pastoureau (Michel), *Traité d'héraldique*, Paris, 1979.
3. Guerout (J.), « Le Palais de la Cité à Paris, des origines à 1417 », in *Mémoires de la Fédération des Sociétés historiques et archivistiques de Paris et de l'Île-de-France*, 1952, 2, p. 135-136.

en dehors du roi et des officiers des capitaineries que sur son autorisation spéciale. Malgré le système déconcentré des capitaineries, les cas de braconnage du cerf sont traités par celle du Louvre, organe central dépendant de la Grande Vénerie de France. Cette constante attention portée à la gestion du plus grand mammifère des forêts françaises est gage d'une continuelle abondance qui est la marque des chasses royales. L'hécatombe caractérise ces exercices d'où rentrer bredouille est inconcevable. Nul doute que l'on puisse voir dans ces « tableaux » une inconsciente dimension sacrificielle. La régularité, l'ordonnance des chasses réglées suggèrent l'accomplissement d'une tâche sacrée. L'abondance surnaturelle du gibier laisse entrevoir le gouffre entretenu entre les loisirs du commun des mortels et ces plaisirs surhumains qui doivent « inspirer un respect pieux[1] ». La crudité même de l'étalage que constitue la galerie de trophées de cerfs se teinte ainsi d'une forte dimension symbolique et sacrée.

Depuis le Moyen Âge, on insiste dans les traités de chasse sur la puissance sexuelle légendaire du cerf dont le brame automnal est la manifestation spectaculaire. Le bois de cerf est le symbole même de cette puissance que le chasseur s'approprie symboliquement en levant le trophée de l'animal chassé. Tiffau-

1. Salvadori, *op. cit.*, p. 203.

ges, le héros du *Roi des Aulnes* de Michel Tournier, l'exprime avec sa candeur coutumière après qu'il a vu Göring procéder à la traditionnelle émasculation du cerf qu'il vient de tuer pour en conserver uniquement le trophée. Le « désir fiévreux », obsessionnel, de Göring à détruire les organes sexuels du cerf lui permet de s'approprier le sexe intime de l'animal avant que d'en prélever le sexe triomphant auquel il est biologiquement lié[1].

Dans le registre du sacré, depuis les origines de la culture chrétienne, le cerf est symbole de vie éternelle, essentiellement du fait de ses bois qui tombent et repoussent chaque année. Les principaux mythes chrétiens liés à la chasse, celui de saint Eustache et celui de saint Hubert, montrent à quel point l'Église s'empare de manière symptomatique de l'image du grand cervidé. Confrontés au cerf crucifère, les deux saints croisent au cours de leur chasse le bois par excellence, celui de la croix de Christ. Notons enfin qu'on assimile le cerf au chrétien, dans le psaume XLI, mais aussi au Christ dès les textes patristiques, notamment chez Hugues de Saint-Victor qui voit en lui l'animal désigné, par définition, au sacrifice de sa vie.

Ce discours teinté d'élitisme n'a pas disparu avec la chute de l'Ancien Régime. Le XIX^e^ siècle est l'âge

---

1. Tournier (Michel), *Le Roi des Aulnes*, Paris, Gallimard, 1970, p. 223.

d'or d'une vénerie que l'on redécouvre et recompose autour d'une tradition aristocratique française que le romantisme du temps aime à faire remonter au Moyen Âge. Si le discours sur le trophée de chasse tend alors à changer, la galerie de trophées traditionnelle est loin de disparaître. À La Celle-les-Bordes, deux mille quatre cents massacres de cerfs garnissent les murs et les plafonds du rendez-vous de l'équipage Bonnelles[1]. Les salles des trophées du château de Cheverny, de l'équipage d'Olympe Hériot à Pont-de-l'Arche ou du comte Maximilien d'Arco Zinneberg à Munich sont particulièrement représentatives d'un goût exacerbé pour l'accumulation de trophées qui prennent alors le plus souvent la forme de massacres.

À ces galeries encore traditionnelles s'ajoutent, tant au XIX^e^ qu'au XX^e^ siècle, des galeries d'apparence nouvelle qui se développent à la croisée de deux chemins : celui des progrès des sciences naturalistes et de la taxidermie et celui du goût pour les animaux venus de lointaines contrées qui, pour ne pas être nouveau, bénéficie du développement des chasses « coloniales ». Jusqu'à la fin du XVIII^e^ siècle les procédés d'empaillage connus ne permettent pas de conserver longtemps les peaux avec les poils. Parallèlement à un goût manifeste pour les massa-

1. Brissac (duc de), *La Vénerie*, Paris, chez l'auteur, 1956.

cres, les progrès de la taxidermie font entrer dans les galeries les animaux entiers et surtout ces têtes en cape qui mettent prioritairement le cimier en valeur. Le salon de la vénerie chez le comte Edgar Ney est un modèle du genre[1]. Parmi les massacres et les animaux naturalisés, le lion se glisse en première ligne. Cela ne saurait surprendre. Équivalent exotique du cerf, il partage avec lui une charge symbolique presque équivalente.

## La mort refoulée : les discours sacralisants, affectifs et scientifiques

Aux âges classiques, l'animal compte pour fort peu de choses, notamment dans la culture chrétienne. L'animal sauvage est alors considéré comme une sous-créature à laquelle l'homme s'identifie par stricte opposition[2]. L'exhibition de cadavres d'animaux ne doit pas surprendre dans ce contexte de mépris généralisé pour les bêtes sauvages où l'acte de donner la mort n'est pas culpabilisant. Cette conception souffre pourtant, à partir du milieu du XIX$^{e}$ siècle, d'un léger trouble, conséquence d'une vision renouvelée du monde sauvage à partir du XVIII$^{e}$ siècle. À mesure qu'apparaît cette nouvelle

1. Bertrand (Léon), « Une salle à manger de chasseur », in *Journal des chasseurs*, t. XXIV, 15 août 1860.
2. Thomas (Keith), *Dans le jardin de la nature*, Paris, Gallimard, 1983, p. 46.

sensibilité, la mort de l'animal devient moins anodine. Face à une société qui ne cesse de reconsidérer les frontières de l'animalité, bien peu de chasseurs, aujourd'hui, clament haut et fort le plaisir qu'ils éprouvent à tuer[1]. Pour masquer le plaisir culpabilisant que le chasseur contemporain prend en donnant la mort, il tend à élever le « crime passionnel » au niveau du sacrifice et à « inventer le rituel[2] » qui doit imprégner le trophée d'une forte charge affective. Enfin, depuis un petit nombre d'années, le monde chasseur s'impose un discours scientifique et rationnel qui tend à faire disparaître toute trace de passion de l'acte de chasse.

Pour exorciser la cruauté de la mise à mort il convient tout d'abord de l'élever au rang de sacrifice[3], « procédé [qui] consiste à établir la communication entre le monde sacré et le monde profane par l'intermédiaire d'une victime, c'est-à-dire d'une chose détruite au cours de la cérémonie[4] ». La notion de sacrifice peut être placée au cœur de l'exercice de la vénerie, tradition française qui – avec la chasse silen-

1. Cf. les travaux récents essentiels : Burgat (Florence), *Animal mon prochain*, Paris, Odile Jacob, 1997 ; Fontenay (Élisabeth de), *Le Silence des bêtes. La philosophie à l'épreuve de l'animalité*, Paris, Fayard, 1998, et Cyrulnik (Boris) (dir.), *Si les lions pouvaient parler. Essais sur la condition animale*, Paris, Gallimard, collection « Quarto », 1998.

2. Guillemin (Philippe), *Le Sang de la forêt*, Bruxelles, Le Cri, 1992.

3. Salvadori, *op. cit.*, p. 136.

4. Hubert (Henri) et Mauss (Marcel), « Essai sur la nature et la fonction du sacrifice », *in* Mauss (Marcel), *Œuvres 1 – Les fonctions sociales du sacré*, Paris, Minuit, 1968.

cieuse à l'approche (*Pirsch*) d'origine germanique – constitue le mode de chasse qui valorise le plus le trophée. En vénerie, la mise à mort se fait au cours d'un véritable corps à corps, dont la violence est rudement ressentie par le veneur. Un besoin de sacralisation se fait jour qui doit déporter l'assassinat manifeste sur le terrain du sacrifice. En l'absence d'un intermédiaire « tueur » (oiseau de proie dressé ou même fusil qui abat à distance) indispensable à la définition du sacrifice, le rituel de vénerie valorise le piqueux et les chiens. Évoquant le cas des gibiers de vénerie, les sociologues Michel Pinçon et Monique Pinçon-Charlot notent : « Leur sacrifice met en contact le monde sauvage, avec un sacré qui ne peut être atteint que par l'intermédiaire des chiens[1]. » Dans cette relation au divin, le piqueux tient la première place dans la compagnie des veneurs, du fait même de sa proximité avec les chiens. Lors de la messe de Saint-Hubert, la remémoration du sacrifice du Christ est étroitement associée à la présence d'un chien choisi et du piqueux. Il n'est pas rare que l'objet du sacrifice cynégétique soit à cette occasion présenté autour de l'autel, exprimant un lien conscient entre le sacrifice christique et la mort animale[2].

1. Pinçon (Michel) et Pinçon-Charlot (Monique), *La Chasse à courre, ses rites et ses enjeux*, Paris, Payot, 1993, p. 51.
2. Amberlain (Robert), *Symbolisme et rituel de la chasse à courre*, Paris, Robert Laffont, 1981.

Le rituel dont s'entoure traditionnellement le sacrifice doit concourir à l'ennoblissement de la dépouille. Ainsi que l'analyse l'ethnologue Sergio Dalla Bernardina, la mort de l'animal ne peut être assumée en tant que telle : elle doit être traitée, apprivoisée, mystifiée, mise en scène selon un rituel immuable[1]. Le chasseur « s'efforce d'excuser ou de dissimuler la part qu'il a prise à la mise à mort et promet de traiter les restes avec honneur[2] ». Les rituels *post mortem* sont nombreux que ce soit dans la *Pirsch* ou dans la vénerie[3]. En vénerie, on sonne pendant la curée les fanfares dédiées aux veneurs disparus. Avant cela on s'est découvert et on a rendu les honneurs à l'animal défunt. La vénerie laisse aux chiens le soin de faire disparaître le corps. L'homme fait ainsi l'impasse sur son désir refoulé de dépecer et de manger l'animal et fait ainsi à ce dernier, qui vient de donner sa vie, un contre-don encore plus important. Cette logique du don et du contre-don exprime l'aspect anti-utilitaire de la vénerie et, plus particulièrement, du sacrifice de l'animal courru qu'on ne saurait assimiler à un poulet de batterie. « Le sacrifice restitue au monde sacré ce que l'usage servile a dégradé, rendu pro-

1. Dalla Bernardina (Sergio), *L'Utopie de la nature*, Paris, Imago, 1996, p. 129-135.
2. Frazer (James), *Le Rameau d'or*, p. 489.
3. Concernant la chasse à l'approche silencieuse, cf. Hell (Bertrand), *Le Sang noir*, Paris, Flammarion, 1994, p. 30.

fane [...]. Il n'est pas nécessaire que le sacrifice détruise à proprement parler l'animal [...] dont l'homme dût faire une chose à son usage. Il les faut du moins détruire en tant que choses, en tant qu'ils sont devenus des choses. La destruction est le meilleur moyen de nier un rapport utilitaire entre l'homme et l'animal[1]. » Nier ce rapport c'est supprimer le risque d'une relation de maître à esclave qui ôte toute dignité à l'animal asservi[2]. La taxidermie, dans ce contexte, contribue à la recréation d'un être unique que le chasseur a refusé de consommer et d'asservir pour le conserver au plus près de lui.

Ce discours sacralisant est souvent teinté d'une forte dimension affective[3]. Il n'est qu'à lire les souvenirs du duc de Brissac pour ressentir la charge émotionnelle qu'il donne à la description des trophées de La Celle-les-Bordes[4]. La demeure est davantage à envisager comme un rustique rendez-vous de chasse qu'une élégante demeure de *sportsmen*. Réceptacle des souvenirs de près d'un siècle de chasse, elle montre à travers les trophées dont elle est revêtue, moins la gloire d'un héroïque Nemrod

1. Bataille (Georges), *La Part maudite*, Paris, Minuit, 1967, p. 113.
2. Cf. sur ce sujet Baudrillard (Jean), *La Société de consommation. Ses mythes, ses structures*, Paris, Denoël, 1976, p. 69.
3. Cf. l'étonnant témoignage « Psychanalyse après le coup de feu », in *Diana*, janvier 1964, p. 17.
4. Brissac, *op. cit.*

que le journal de bord d'un groupe de femmes et d'hommes investis d'une même passion. Un discours boursouflé de tartarinades n'a plus lieu d'être en cette fin de XX^e siècle où Pierre-Alexandre Fiorenza déclare sa flamme à ses trophées de chasse rassemblés dans le sanctuaire que constitue sa salle des trophées d'Afrique. Fiorenza pousse le sentiment au point de composer un impromptu en l'honneur de ses trophées : « Hommage, Faune africaine, qui avez choisi de vous réunir en ce sanctuaire, pour présenter au public non averti cette collection unique, je ne vous remercierai jamais assez pour votre collaboration. C'est pourquoi je garde pour vous une grande admiration et un profond respect[1]. » Fort de cette justification affective, le trophée prend une place déterminante dans l'environnement proche du chasseur, sans qu'il faille y voir un goût pour les mises en scène morbides. Un nombre important d'objets (accessoires, bijoux, meubles...) concourt ainsi à mettre en scène le trophée dans l'intimité domestique et vestimentaire.

Le discours contemporain des chasseurs se focalise sur les sciences et la rationalité pour justifier la pratique cynégétique. À l'aune de ce discours, le trophée devient un strict document d'histoire naturelle,

1. Fiorenza (Pierre-Alexandre), *Encyclopédie des animaux de grande chasse en Afrique*, chez l'auteur, 1995, hors pagination.

témoignage de l'état de santé d'un cheptel savamment étudié.

Déjà, dans les traités classiques de chasse, on note une propension à placer le sujet sur le registre de la science. Le caractère obsessionnel de la collecte, base de la constitution d'une galerie, n'y est pratiquement jamais évoqué. En revanche, la parfaite connaissance biologique des bois de cervidés est un des épicentres de la science des auteurs cynégétiques qui lui consacrent de longs développements.

La taxidermie, qui prend son essor dans la seconde moitié du XVIII^e^ siècle, a grandement contribué à rapprocher les univers de la chasse et des sciences naturelles[1]. Si la chasse a pesé sur la raréfaction, voire la disparition, d'un certain nombre d'espèces animales, elle a contribué à la connaissance du vivant par les procédés de taxidermie dont elle a encouragé le développement.

La figure de Philippe VIII, duc d'Orléans (1869-1926), est révélatrice de ce tiraillement entre passion pour la chasse et intérêt pour les sciences. Le considérant comme un grand chasseur, la légende ne souhaite pas donner l'image d'un vulgaire tueur de celui

1. Pequignot (Amandine), *Histoire de la taxidermie en France : Étude des facteurs de ses évolutions techniques et conceptuelles, et ses relations à la mise en exposition du spécimen naturalisé*, thèse de doctorat de muséologie des sciences naturelles et humaines, Paris, Muséum national d'histoire naturelle, 2003.

qui avait une conscience aiguë de la raréfaction de nombreuses espèces animales[1]. Pour son immense collection d'animaux naturalisés, Philippe d'Orléans met en œuvre des arrangements spectaculaires élaborés à partir de panoramas inspirés de ses photographies. Selon son vœu, cette collection est donnée à la France pour le compte du Muséum national d'histoire naturelle qui la reçoit officiellement en 1928. Le discours d'inauguration, prononcé par le directeur du Muséum, exprime assez l'alibi scientifique appliqué à ce que l'on refuse alors de voir comme un prodigieux entassement de cadavres : « Chasseur infatigable et tireur renommé, il ne sacrifiait toutefois les animaux que par nécessité, séduit par les scènes qui s'offraient à lui, il oubliait son fusil pour prendre des notes[2]. »

Le discours scientifique est aujourd'hui plus que jamais de mise dans la constitution des collections de trophées. Depuis l'entre-deux-guerres, on applique à la collecte du trophée un rôle capital dans la connaissance de la faune, indispensable à la gestion et à la régulation des effectifs. Face à la vague de réprobation, inédite dans l'histoire, que suscite la chasse, les chasseurs répondent par l'argument

---

1. Dorst (Jean), « Une contribution magistrale à l'histoire naturelle », in *Chasses des princes d'Orléans*, Paris, Gerfaut, 1999, p. 165-181.
2. Cité par Orléans (Jacques d'), *Chasses des princes d'Orléans*, Paris, Gerfaut, 1999, p. 230.

scientifique. L'élément passionnel, jugé par trop barbare par l'opinion publique majoritaire, est minimisé d'autant. La mensuration rigoureuse des trophées, utile à la gestion des chasses, tend dès lors à se muer en justification à part entière de la collection.

Paradoxalement, cet argument scientifique découle de la pratique intensive de la chasse sélective en Europe centrale et orientale au XIX$^{e}$ siècle, dont le moins que l'on puisse en dire est qu'elle se soucie peu de se dédouaner... Elle favorise même une émulation qui conduit depuis les années 1860 à l'organisation d'expositions-concours. Réunissant plusieurs milliers de trophées mis en scène de façon souvent spectaculaire, ces rassemblements sont l'occasion d'homologations officielles.

Dès 1881, des Hongrois s'attachent à définir une méthode fiable de mensuration qui ne soit plus tributaire du simple jugé[1]. Au long du XX$^{e}$ siècle, au bénéfice essentiel du progrès des sciences naturelles, un discours strictement scientifique s'impose peu à peu à l'encontre de l'esprit de compétition qui prévaut encore à l'ouverture de la gigantesque exposition de Berlin en 1937 qui rassemble la bagatelle de 7 195 trophées ! Pour la première fois un catalogue

1. Hettier de Boislambert (André-Jacques), *Les Grands Trophées d'Europe*, Paris, Gerfaut, 1978.

de cotation est publié. Il applique la méthode définie par le Conseil international de la Chasse en 1936 et formulée en 1952[1]. Le contexte évolue peu à peu au cours de cette période où la simple homologation des cotations, sans volonté explicite de palmarès, tend à s'imposer. Cette éthique est soutenue, en France, par la Commission nationale de Mensuration des trophées qui se calque sur le discours rationaliste imposé par la chasse responsable contemporaine.

Le rôle de François Sommer y est capital. Défenseur acharné d'une chasse éthique, il est l'instigateur, en 1971, du premier répertoire des meilleurs trophées de grand gibier français[2]. Les principes de mensurations sont celles prescrites par le CIC. Une meilleure connaissance devant déboucher sur une gestion rationnelle des effectifs d'animaux constitue le but affiché de cette publication où le discours scientifique règne sans partage. Pas un mot n'y filtre de l'éventuel plaisir qu'il se pourrait retirer au cours de la chasse. Ainsi va l'évolution des mentalités cynégétiques qui voit une pratique ancienne de tir sélectif – basée sur la compétition et dont la mise en scène au cours d'expositions pharaoniques renvoie

1. Conseil International de la Chasse, *Formules pour l'appréciation des trophées adoptées par l'assemblée générale réunie à Madrid le 7 novembre 1952*, Paris, secrétariat général du CIC, 1952.

2. *Catalogue des meilleurs trophées de grand gibier français*, Paris, Club de la Maison de la Chasse et de la Nature, 1971.

aux clichés des traditionnelles galeries de trophées – s'infléchir progressivement pour s'adapter à la sensibilité contemporaine.

### La mort sublimée : l'art d'arranger la mort en beauté

Pour fort valable qu'il soit, le discours scientifique appliqué au trophée conduit à en éviter le plus possible une représentation autre que classificatrice et désincarnée. Pourtant, dans les divers modes de mise en scène du trophée, les arts plastiques ont toujours tenu une grande place et peu d'observateurs de ces œuvres s'en détournent avec horreur. Les natures mortes, qu'elles soient peintes, sculptées sur les lambris ou apposées à l'orfèvrerie de table, échappent au jugement critique qui éreinte volontiers les galeries de trophées. Le sujet en est pourtant le même. Mais l'artifice de l'art et du goût en sublime le morbide argument au profit de la qualité plastique et de l'expression sensible.

L'histoire de la nature morte de gibier néglige totalement les motivations de la commande. Nul doute pourtant que ces œuvres sont essentiellement initiées ou convoitées par des chasseurs qui y laissent filtrer les mêmes sous-entendus que dans leurs galeries de trophées. Il s'agit là encore de mettre en valeur sa domination du sauvage et sa condition privilégiée de chasseur. Il s'agit là aussi de rendre un hommage plus ou moins teinté de culpabilité à l'animal, de prolonger en le stylisant le souvenir de cette vie que le chasseur est contraint de sacrifier. L'absence généralisée dudit chasseur dans les représentations de natures mortes, au profit d'instruments de chasse, est sans doute une marque de cette culpabilité. Les symboles qu'on associe fréquemment aux natures mortes de gibier, du chat ou du singe, images sataniques, aux bas-reliefs bachiques évoquant le désordre des passions, sont autant d'allusions à la pratique cynégétique. Les trophées de cerfs accrochés à l'arrière-plan du tableau de Lucas Cranach *La Transaction pécuniaire* ont une portée symbolique évidente. La chasse, dont ils sont le produit, est un désordre passionnel équivalent à l'amour vénal représenté par le couple du premier plan. Ce symbolisme, qui pourrait être culpabilisateur, est avant tout profondément intellectualisé et peut être même envisagé comme de la complaisance.

Ainsi, l'artifice permet d'outrepasser le prosaïque. En magnifiant la beauté de la mort, il permet d'assumer la fascination qu'elle suscite et de la sublimer. Ernest Hemingway ne se lassait pas de regarder les animaux qu'il venait de tuer, fasciné par la beauté de la mort, par la quantité de beauté ainsi détruite en pure perte, d'un coup de carabine. La nature morte n'exhibe ni ne refoule la mort, elle la met en beauté, entraînant celui qui la contemple dans une réflexion fascinée sur la splendeur des choses autant que sur leur vanité et leur impermanence.

La nature morte de gibier n'est pas autonome avant le XVII^e siècle même s'il est surprenant de constater à quel point l'art gréco-romain contient en germe les typologies d'un genre qui se caractérise par la constance de ses modèles. La première nature morte de chevalet connue est un trophée de chasse : un petit panneau peint en 1504 par Jacopo de'Barbari. L'illusionnisme est de mise dans cette œuvre dont le caractère de trompe-l'œil est significatif de la volonté des commanditaires de suggérer la « présence réelle » de l'animal mort.

Le genre trouve son point d'orgue au début du XVII^e siècle avec le peintre flamand Frans Snyders qui hisse, d'entrée de jeu, le genre à son sommet. Il joue de compositions somptueuses où le gibier se trouve associé à des denrées luxueuses évocatrices de la prospérité de son commanditaire. Si l'artiste ne rechigne pas à représenter des personnages et des animaux vivants, le vif n'y est que l'accessoire de scènes où la nature morte tient la plus haute marche. Les Flandres ne cesseront de répéter le modèle issu de Snyders sans y apporter de réelles innovations, tandis que les maîtres hollandais, à la suite d'Elias Vonck, développent un goût plus sobre. Les accessoires de chasse « intermédiaires » sont toutefois nombreux dans ces œuvres qui multiplient les allusions imagées à l'éphémère (plume qui tombe, pierre ébréchée, présence d'une mouche...). Chez William Gouw Fergusson, Melchior d'Hondecoeter ou Willem Van Aelst, les accessoires somptueux tendent à prendre l'avantage sur le gibier. Celui-ci est parfois arrangé de manière très naturaliste sur une table à gibier, évocation du rituel qui met en scène avec dignité le gibier du jour dans l'entrée des demeures.

Ce goût du somptueux définit le XVIII$^{e}$ siècle où les Français dominent en qualité la production européenne. Le plus fastueux de tous est incontestablement Alexandre-François Desportes. Son talent se révèle dans le luxe ostentatoire de complaisantes natures mortes qu'il réserve à l'élite du temps tandis que Jean-Baptiste-Siméon Chardin est tout entier tourné vers l'exercice d'une méditation parfois manifestement religieuse.

Les artistes du XIX$^{e}$ siècle s'inspirent largement des modèles antérieurs. Tout juste leur insufflent-ils parfois un romantisme révélateur d'une sensibilité sans cesse plus aiguë à la mort animale. Les maîtres académiques s'y exercent à l'occasion tandis que les réalistes y trouvent un terrain d'application idéal à leur quête d'un Vrai désormais exempté de charge symbolique. L'aspiration n'est-elle pas la même quand Charles Nègre, l'un des meilleurs photographes au tournant des XIX^e^ et XX^e^ siècles, nous livre un trophée dont l'arrangement décoratif cherche à peine à dissimuler le naturalisme cru ?

L'art du XX^e^ siècle néglige un peu le thème de la nature morte de gibier que Chaïm Soutine reprend cependant à son compte dans une œuvre où la violence faite à l'animal s'affiche et trahit une sensibilité inédite et désormais irréversible à la souffrance de « nos amies les bêtes ». Le travail actuel de l'artiste Hervé Ic, qui cherche son inspiration dans les sujets qu'il juge les moins à la mode, se dirige de manière révélatrice vers les marines et les natures mortes de gibier.

Si le « trophée de chasse » peint est porteur de sens, appliqué aux arts décoratifs, le sujet excelle à s'esquiver. Les XVIII^e^ et XIX^e^ siècles français et allemands aiment voir figurer les natures mortes sur toutes sortes de supports. Il ne semble pas nécessaire d'y voir autre chose que l'évocation d'un heureux loisir pourvoyeur en gibier. Le trophée de chasse abonde sur les lambris du temps tandis que les arts de la table font une place importante à la venaison dans ses répertoires sans, là encore, que la mort ainsi étalée du gibier ne soulève l'ombre d'un haut-le-corps. La préciosité de sa figuration ôte au modèle l'essentiel de sa morbidité pour le ramener à sa stricte finalité alimentaire. On se plaît à penser que si l'agriculture et l'élevage n'avaient jamais vu le jour, les chasseurs d'aujourd'hui vivraient de moins graves dilemmes…

Nous terminerons par un cas un peu particulier que l'on peut placer à la croisée des chemins de ces trois attitudes d'exhibition, de refoulement et de sublimation. Il s'agit de la série de portraits des têtes bizardes (biologiquement déformées) peinte par Jean-Baptiste Oudry et Jean-Jacques Bachelier, entre 1741 et 1773, pour les appartements intérieurs de Louis XV à Versailles[1]. Elle doit s'envisager avant tout comme le reflet du goût passionné du roi pour la chasse en cela qu'elle reprend à son compte le thème classique de la galerie de trophées. Ainsi, comme dans les galeries traditionnelles, chaque tête est annotée de la date et des circonstances de la prise tandis que l'illusionnisme du traitement pictural suggère la « présence réelle » du trophée. Les têtes choisies sont bizardes ou en velours. Ce goût pour l'étrange et le fabuleux renvoie immanquablement à l'arrière-pensée scientifique qui prédispose depuis longtemps à la collection de trophées et qui a vu s'entasser dans les cabinets de curiosités, suivant les époques, « cornes de licornes » et dépouilles d'animaux exotiques ou fabuleux.

1. Lastic (Georges de), « Louis XV, ses trophées de chasse peints par Oudry et Bachelier », in *Connaissance des Arts*, n° 188, octobre 1967, p. 115.

Cette curiosité scientifique se porte très volontiers sur l'une des étrangetés les plus courantes que génère la nature : les bois difformes de cervidés. Louis XV s'y intéresse de près au point que ses trophées bizards favoris, sitôt qu'ils ont été immortalisés par ses peintres préférés, sont envoyés dans ce qui est alors l'ancêtre du Muséum national d'histoire naturelle, signe de l'intérêt scientifique manifeste qu'on leur porte[1].

À travers cette commande si particulière passée par Louis XV, nous est proposé un étonnant résumé du formidable potentiel culturel que recèle le rapport, *a priori* prosaïque, du chasseur face au gibier mort. De cadavres de cerfs issus d'un exercice exclusivement réservé à son bon plaisir, Louis XV entend conserver les spécimens les plus significatifs, par leur beauté ou leur étrangeté, et confie aux artistes parmi les plus en vue à la cour le soin d'en sublimer l'apparence, d'en rendre la contemplation une source de délectable fascination. Ainsi, cette série nous présente, de manière fulgurante, la culture fondamentalement paradoxale du monde chasseur. Rare cul-

1. Cf. au sujet de ces envois Engerand (Fernand), *Inventaire des tableaux commandés et achetés par la Direction des Bâtiments du Roy (1709-1792)*, Paris, 1900 ; Gougenot (Louis), « Vie de M. Oudry, peintre et professeur de l'Académie royale de peinture et de sculpture lue à l'Académie royale de peinture et de sculpture le 10 janvier 1761 », publié par L. Dussieux, É. Soulié, Ph. de Chennevières et P. Mantz et Montaiglon (A. de), *Mémoires inédits sur la vie et les ouvrages des membres de l'Académie royale de peinture et de sculpture,* 2 vol., Paris, 1854, t. II, p. 377.

ture à avoir osé « dire » le nom de cette mort qu'évoque Philippe Ariès mais qui, confrontée à ses propres contradictions contemporaines, peine désormais à assumer le fatal dénouement qu'exige irrémédiablement sa pratique.

*Raphaël Abrille est conservateur adjoint du musée de la Chasse et de la Nature.*

III

# *DISCUSSION*

# Et Dieu dans tout cela ?

Les réponses de
*PIERRE-ÉDOUARD DE BRUCHARD*

Hedwige Chevrillon. *Y a-t-il une position officielle de l'Église au sujet de la chasse ? Nous avons tous en tête le « Tu ne tueras point »... La vie étant accordée par Dieu, a-t-on le droit de tuer même un animal ?*

J'ai lu et relu le catéchisme catholique, je n'y ai pas trouvé un mot sur la chasse. Avant de nous rapporter à la Bible, j'aimerais livrer un petit trait léger, puis un témoignage, et enfin une réflexion...

*Un petit trait léger* parce que, curé de paroisse, on m'offre souvent du gibier et que j'aime plumer les faisans. Quand j'en plume un, je trouve non seulement que la bête est superbe, mais que chaque plume est une œuvre d'art. Devant chacune d'elles, je suis en extase et je me dis : « On ne peut pas ne pas croire en Dieu lorsqu'on plume un faisan. »

Maintenant *un témoignage* et celui-ci rejoint le propos de Marie de Hennezel. Mon sacerdoce me conduit à accompagner des agonisants et des mourants. L'Église fournit ici deux outils liturgiques, l'un est la communion donnée en « viatique[1] » – sacrement à ne pas confondre avec l'onction que l'on donne aux malades comme médicament spirituel. Et puis, il y a l'absolution « à l'article de la mort ». Cela renvoie au sentiment de culpabilité devant la mort. Un sentiment lourd à supporter. Voilà une réalité forte, ce lien entre mort *et* culpabilité.

Au moment de mourir, on a besoin d'être en règle avec soi, avec les autres et avec Dieu. Dans la culture de l'accompagnement, figure une sorte de conversion du mourant qui ressent le besoin d'être aimé de tous, d'être aussi l'ami de tous. Les rancœurs anciennes sont oubliées ; on s'accroche à l'autre. Au prêtre, on confie : « Surtout dites bien à Untel que je ne lui en veux plus, que c'est fini, il m'aime, je l'aime, j'ai besoin de le lui dire. » C'est le temps de la réconciliation.

---

1. Viatique, de *via*, qui signifie chemin en latin, autrement dit la nourriture pour aller dans l'au-delà.

Un prêtre qui accompagne un mourant n'en sort jamais sans les larmes aux yeux, à cause non pas de la mort, mais de la beauté du cœur humain rempli de bonté. Devant la mort de quelqu'un, on découvre combien chacun d'entre nous, malgré la dureté de la vie, malgré tout ce que l'on a pu faire, même si l'on est un dur à cuire, recèle une extraordinaire bonté.

Enfin, *une réflexion* : l'interrogation sur la mort est marquée par la question de l'éternité. La mort est irréversible, c'est ce qui la rend sacrée. Même la Bible aborde cette question

En émettant l'hypothèse qu'il n'y ait rien après la mort, la Bible parle de « Schéol », qui n'est autre que le « rien » : « Seigneur, donne-moi une bonne vie parce que je sais qu'après la mort il n'y a plus rien, je ne peux même plus louer Dieu. » Peut-être l'ignoriez-vous, mais la Bible compte de longues pages pour dire qu'il se peut qu'il n'y ait rien après, cela fait aussi partie de la foi biblique.

Mais trois siècles avant Jésus cette conception est remise en cause, d'une part dans le livre de Job, d'autre part dans le livre des Martyrs d'Israël. Ces derniers, pour conserver leur foi en dépit de la tentative d'hellénisation forcée d'Antiochus Épiphane, se sont laissés supplicier jusqu'à la mort. Les proches n'ont pu accepter que cette mort si sainte les conduise au seul « Schéol ». Alors est née l'idée de « résurrection ». Pourquoi résurrection ? Parce qu'un juif, contrairement aux Grecs si détestés, ne peut imaginer qu'une âme vive sans corps. Ni platoniciens, ni bouddhistes, les chrétiens sont héritiers de l'attente d'une résurrection des corps. Soit il n'y a rien (le schéol), soit l'après est éternel (la résurrection des corps). Ainsi, de toute façon, devant la mort, la sagesse commande de respecter la vie, de l'aimer, de désirer que chacune de nos minutes soit totalement remplie, éternelle.

*Et puis voici ce que j'ai pu relever dans la Bible à propos des animaux que l'on tue.*

Dans le livre de la *Genèse*, au chapitre I, versets 26-28, Dieu permet à l'homme de dominer les animaux, pas de les tuer. Dominer qui signifie domestiquer. Au Paradis terrestre, la nourriture est végétarienne. C'est seulement au chapitre IV qu'apparaît Abel le pasteur, le Bédouin, lequel présente des éléments du troupeau qu'on va tuer. Et cela est accepté. Caïn, lui, est végétarien, il cultive le sol, et Dieu n'accepte pas son sacrifice. Dieu est plutôt du côté du sang de l'animal. Le monde biblique n'est pas végétarien.

Toujours dans le livre de la *Genèse*, au chapitre VII, Dieu extermine, à travers le Déluge. Mais il préserve, dans l'arche de Noé, un couple de chaque espèce, y compris les oiseaux.

Au chapitre X, Nemrod est le seul chasseur qui se trouve bien noté dans la Bible. Il n'avait pas encore été cité. Or il apparaît comme courageux, ce qui prouve qu'il est bien vu par Dieu !

Au chapitre XVIII, Abraham marchande avec Dieu pour préserver la vie. Dieu a envie d'exterminer tout le monde. Et qui prend la défense de la vie ? Ce n'est pas Dieu curieusement, c'est Abraham. Dieu veut exterminer. Abraham dit : écoute, si je ne trouve pas cinquante Justes, tu ne tueras pas la ville tout entière ! Pour cinquante, je ne le fais pas. Puis comme dans un souk à Jérusalem, il marchande pour quarante puis on descend jusqu'à dix. Là Dieu dit : « Allez, ça va maintenant, bon d'accord mais si tu n'en trouves pas dix, la ville sera exterminée. » C'est l'homme qui défend la vie quand Dieu a envie de tuer (ce qui est tout de même étrange !). À un autre moment, c'est Dieu au contraire, qui dit : « Ah ! Non, n'extermine pas ton fils, va chercher le bélier. » Ce refus du sacrifice humain se retrouvera au chapitre XXII et dans le livre de l'*Exode* au chapitre XX, verset 13.

Au chapitre XXIV, Esaü, qui est aussi chasseur, n'est pas bien vu, lui, et il n'aura donc pas la bénédiction du père. Mais Jacob, qui n'est pas chasseur, fait semblant de l'être, lui qui est béni. Il vole sa bénédiction.

Que conclure ? Que la Bible est plus le livre de pasteurs (de Bédouins) que de chasseurs. Son silence sur le sujet, comme celui du catéchisme, ne signifie pas un mépris de la chasse, ni non plus sa sacralisation. Plus simplement, cela signifie qu'elle la confie à notre libre arbitre.

*Pierre-Édouard de Bruchard, prêtre, est chapelain de l'ordre du Saint-Sépulcre de Jérusalem.*

*Hedwige Chevrillon a animé la discussion ; elle est journaliste.*

## Chasse et tradition en terre d'islam

L'enquête de
*MOULAY YOUSSEF ALAOUI*

Hedwige Chevrillon. *La chasse est répandue dans la plupart des pays musulmans, d'Afrique du Nord jusqu'en Orient, mais que dit le Coran à ce sujet ? Exprime-t-il des préventions, édicte-t-il des règles particulières ? Voilà un sujet que nous connaissons mal en Europe.*

Avant de répondre à la question, j'aimerais faire une sorte de retour aux sources. Dans les pays du Maghreb et bien avant que ses habitants ne soient convertis à l'islam, les animaux bénéfiques étaient représentés par la huppe (symbole d'intelligence), différentes espèces de gazelles, ainsi que la panthère et le lion qui symbolisait la force. Les animaux maléfiques, aussi bien pour les chasseurs que pour le commun des mortels, étaient le corbeau, le renard, le chacal et surtout la hyène. Manger de la viande de lion ou de panthère conférait des forces exceptionnelles, idée qui a persisté jusqu'à nos jours.

Pour classer les différents mammifères, les scientifiques retiennent des critères morphologiques, biologiques et écologiques, mais pour fixer le statut symbolique des viandes, seuls importent les critères qui concernent le régime alimentaire et l'appareil digestif. L'Ancien Testament a également retenu ce principe pour classer certains animaux en vue de la consommation de la venaison. Les espèces qui n'appartiennent pas au groupe des ruminants sont considérées comme impures et par conséquent impropres à la consommation. Ces tabous existent encore dans de nombreux pays.

Dans l'Égypte ancienne, les animaux divins ou bénéfiques étaient le chien, le faucon, le guépard et le lion, les maléfiques étaient le canard, le taureau sauvage et l'hippopotame (peut-être parce qu'il fréquentait les lieux marécageux). Fastes ou néfastes, tous ces animaux représentaient aux yeux du chasseur des forces surnaturelles ou des dieux qui portaient un nom. Le chasseur devait tenter de surprendre leurs secrets et s'emparer de leurs aptitudes et qualités par des moyens magico-religieux.

Les membres de la tribu étaient placés devant un dilemme : ou bien ils s'interdisaient de tuer l'animal devenu tabou et le vénéraient selon des rites propres à chaque peuple ou bien il fallait tuer l'animal pour se défendre ou se nourrir. Dans ce dernier cas, le fait de tuer le gibier était entouré de toutes sortes de précautions magico-religieuses afin d'écarter d'éventuelles vengeances de la population animale à laquelle appartenait le gibier tué. Cette pensée magique subsiste encore.

À l'origine, dans toute société primitive, la chasse était une nécessité pour l'homme. A fortiori dans les régions déshéritées où la nature avare n'avait pas de ces indulgences et où l'homme essentiellement carnivore ne pouvait compter que sur les proies vivantes abattues par les chasseurs pour nourrir les membres de leurs tribus. C'était le cas de la région où va être révélé le Coran. Les quelques rares écrits disponibles se rapportent aux pays du Moyen-Orient et plus particulièrement à l'Arabie Saoudite. Le chasseur y était considéré comme un héros puisqu'il fournissait la viande aux autres membres de la tribu et notamment aux vieux, aux femmes et aux enfants.

En s'établissant d'abord en Arabie puis au Moyen-Orient et un peu plus tard du Maghreb à l'Indonésie, en passant par le Caucase et le sous-continent indien (Pakistan et Inde), l'islam va trouver des civilisations et des cultures très diverses, notamment pour ce qui concernait la chasse. Chaque pays avait ses propres coutumes, sa conception des animaux recherchés et consommés et ceux qui étaient vénérés ou respectés.

*La religion chrétienne, révélée près de six siècles avant la religion musulmane, dit, comme on le sait : « Tu ne tueras point », l'islam a-t-il jamais abordé le problème de la mort donnée par le chasseur ?*

Dans les pays qui allaient être islamisés comme les pays du Moyen-Orient, de la Perse et une partie du sous-continent indien et de l'Asie, le chasseur qui revenait avec du gibier était accueilli comme un héros à tel point que revenir bredouille était considéré comme une honte. Certains auteurs perses parlent de chasseurs qui ont préféré survivre plusieurs jours avec quelques dattes et un peu d'eau pour continuer leur partie de chasse plutôt que de rentrer bredouilles !

Le Coran est divisé en soixante sections que l'on appelle « Hisb » et chaque section est composée de plusieurs chapitres appelés « sourates » traitant d'un ou plusieurs sujets. Chaque « sourate » est elle-même divisée en versets.

Un seul verset parle de la chasse : le verset 2 de la sourate « Al Maïda » qui dit : « *Si vous terminez le pèlerinage, exercez la chasse.* » Ce verset a naturellement donné lieu à différentes interprétations. Littéralement, cela signifierait-il que le chasseur devrait d'abord effectuer le pèlerinage pour pouvoir chasser ? Ou bien le fait de chasser serait-il une manière de récompenser les vrais musulmans ? En fait, il n'en est rien puisque, selon le Coran, le pèlerinage n'est obligatoire que pour ceux qui en ont les moyens.

La chasse et la mise à mort d'animaux sauvages sont autorisées par les versets 94 et 96 de la sourate citée ci-dessus ; toutefois ces versets précisent que le musulman ne doit tuer des animaux que pour se nourrir. La chasse loisir serait-elle donc interdite ? Nous ne le pensons pas, cette position serait en contradiction avec le verset qui autorise les chasseurs à manger la viande du gibier tué ou capturé.

Mais il faut aussi rappeler qu'aucune chair n'est licite pour un musulman, si elle provient d'un animal qui n'a pas été égorgé selon le rite qui prévoit que l'opérateur prononce la formule : « *Au nom du Dieu ! Dieu est le plus grand* », avant de trancher la gorge de l'animal pour qu'il se vide de son sang. Ces diverses interdictions comportent toutefois des exceptions comme dans le cas de famines. S'il est sur le point de mourir de faim et s'il n'a pas d'autre recours le musulman peut se nourrir de n'importe quelle viande ; il peut également manger la chair d'une bête égorgée par un non-musulman pourvu que celui-ci appartienne à l'une des religions du

Livre (juif ou chrétien car, en Orient, les chrétiens égorgent leurs bêtes comme les musulmans).

La pratique qui consiste à égorger l'animal avant de le manger va évidemment poser un sérieux problème aux chasseurs qui tuent le gibier sans le saigner. Comment y répondre ? La question a été posée et reposée sous différentes formes au Prophète d'autant plus que pour les chasseurs ces limitations paraissaient contraires à la parole divine qui disait : « *Je vous ai donné la terre et ce qu'elle contient : disposez-en comme il vous conviendra.* » Le Prophète autorisa donc la consommation de la viande du gibier tué à la chasse même s'il n'avait pas été égorgé et vidé de son sang. Pour rendre la viande licite il suffisait que le chasseur prononce avant de partir pour la chasse la même phrase que celle que l'on dit avant d'égorger un animal : « *Au nom de Dieu ! Dieu est le plus grand.* »

Mais l'une des particularités de la religion musulmane est son fatalisme. Pour les croyants, la mort ne survient pas par hasard, mais par décret divin. Le verset 156 de la sourate « Al Imranqui » dit : « *C'est Allah qui donne la vie et la mort. Et Allah observe bien ce que vous faites.* » Les hommes sont sans influence sur le destin. Au contraire, c'est le destin le facteur déterminant. Même pour les animaux. Un verset de la sourate « Al Fatir » dit en effet : « *Et aucune âme vivante ne vit plus longtemps ou n'a sa durée de vie réduite sans que cela ne soit consigné dans un livre. Ceci est facile pour Dieu.* » Si le faucon du chasseur ne parvient pas à prendre une outarde ou une perdrix ou si les lévriers d'un veneur ne rattrapent pas une gazelle, c'est que Dieu a voulu accorder à ces gibiers une vie plus longue. Et si, au contraire, le chasseur tue l'animal c'est que tel était son destin : il était « écrit » qu'il devait mourir ce jour-là. Le bon chasseur n'aura nulle mauvaise conscience. Quant au mauvais tireur, le voilà rassuré puisque Dieu a voulu allonger la vie du gibier…

### *Faut-il pour autant toujours tuer à la chasse ?*

Si la chasse au petit gibier domine dans un grand nombre de pays musulmans comme le Maroc, l'Algérie, la Tunisie ou la Turquie, l'Iran ou des pays d'Asie, et se pratique avec des chiens d'arrêt, cela provient de l'influence de la colonisation ou des contacts avec l'Europe. Autrefois, ces pays ne connaissaient que la chasse au vol, avec des faucons, à courre avec des chiens courants ou la chasse avec des guépards. L'engouement pour la fauconnerie des rois et princes des pays du Golfe est bien connu. Ici, le fauconnier ne donne pas lui-même la mort. C'est le faucon qui tue ou qui frappe. Voilà une chasse par procuration. Cette vision particulière de la mort nous a été confirmée par les fauconniers de la confrérie des « *Kouassems* » au Maroc.

Les peintures persanes les plus anciennes représentant des scènes de chasse ne peignent que des chasses au faucon ou des chasses à courre avec des lévriers d'Orient, les sloughis. Or dans ce cas le chasseur n'a pratiquement pas l'occasion d'observer le gibier ; la séquence est extrêmement brève. Là encore, la perception de la mort se rapproche de celle du fauconnier. Le chasseur donne aussi la mort par procuration.

Quant à l'emploi du guépard pour la chasse, celui-ci est très ancien. Les Assyriens, les Babyloniens et les Égyptiens avaient déjà entraîné ce félin pour la poursuite des gazelles quinze siècles avant notre ère, c'est-à-dire près de deux mille ans avant l'introduction de l'islam. Le caractère et les aptitudes du guépard pour la chasse firent rapidement connaître aux passionnés de chasse à courre les possibilités qu'ils pouvaient en tirer. Des animaux furent envoyés en Inde, dans le Rajasthan, par exemple, où ce félin allait faire merveille. À leur apogée, les Mongols l'adoptèrent aussi. La chasse au guépard devait se poursuivre bien après l'islamisation de l'Orient, d'une partie du sous-continent indien et de l'Afrique. Comme pour les chasseurs au faucon, les veneurs au sloughi, les guépardiers chassaient par « procuration ». On peut penser que, dans ces trois cas, le chasseur lui-même n'a pas réellement conscience de donner la mort, c'est l'animal qui en tue un autre. Il en va tout autrement du chasseur au fusil.

Lorsque le fusil a détrôné les arcs, les flèches et même la chasse à courre, on a assisté à un formidable engouement pour l'arme à feu. C'est ainsi qu'au Maroc s'étaient constituées dans les villes et villages des confréries de chasseurs appelées « *Er-rema* ». Elles avaient à leur tête un maître de tir, le « *Cheikh er-rema* », personnage souvent âgé et respecté (d'où le terme de cheikh qui désigne plus le respect que le pouvoir de la personne à qui on attribue ce qualificatif). Son rôle consistait à entraîner les jeunes gens à la fois à la pratique de la chasse et surtout à celle du tir. Le groupe des jeunes gens et du maître composait le « *Er-rema* », c'est-à-dire la confrérie des tireurs de la ville et chacun des membres se qualifiait de « *rami* », qui signifie tireur. Les anciens répétaient aux jeunes que tout bon chasseur devait être un bon tireur afin de tuer net le gibier pour lui éviter de souffrir.

Or le sacré n'est jamais bien loin : le titre de « *Cheikh er-rema* » se transmet de père en fils en même temps parfois que le titre de « *fkih* », celui qui a une certaine culture religieuse et qui peut présider des prières. Les « *Cheikh er-rema* » sont considérés comme des dignitaires religieux. Cela est particulièrement vrai dans le cas d'une battue au sanglier, lorsque le cheikh récite lui-même la prière, bénit les chasseurs, priant qu'il n'y ait aucun accident. S'il n'y a pas de « *Cheikh er-rema* » parmi les chasseurs, on fait alors appel au cheikh le plus proche. Ces prières inspirées du Coran montrent que la chasse est bien admise par la religion mais cela ne signifie pas que le chasseur soit indifférent au fait de tuer, cela dépend de la sensibilité de chacun. Ces confréries « cynégético-religieuses » étaient chargées des battues administratives pour la régulation des populations de sangliers lorsqu'elles causent des dégâts aux cultures. Rappelons que la législation marocaine de la chasse ne prévoit pas d'indemnisation des agriculteurs.

On peut aussi observer que ces prières chez les chasseurs musulmans correspondent en quelque sorte à la bénédiction de la meute le jour de la Saint-Hubert et qu'elles marquent dans chaque civilisation la religiosité profonde et permanente du chasseur, son respect pour le monde animal.

Dans de nombreux pays européens, les enquêtes d'opinion révèlent qu'une forte partie de la population est hostile à la chasse car elle l'associe à la mort. Il est vrai que plus de 90 % de cette population y est urbaine ; elle est de ce fait coupée de ses racines rurales où tuer un animal pour se nourrir était tout à fait admis. La mise à mort d'un animal correspondait souvent à une fête ou à un heureux événement familial. De nos jours le citadin ne veut plus voir la mort d'un animal, qu'il soit sauvage ou domestique. Il préfère acheter sa viande emballée sous cellophane et ne pas se poser trop de questions. Combien de ces citadins savent comment sont élevés et tués ces animaux ?

À un journaliste (de toute évidence hostile à la chasse) qui me demandait si je n'éprouvais pas de remords à tuer des perdrix gambras alors que je pouvais acheter des poulets au supermarché, j'ai répondu que les perdrix que je prélève (et non pas que je tue) ont eu une vie beaucoup plus agréable que ces poulets élevés en batterie et qui ne voient la lumière naturelle que le jour où ils partent pour l'abattoir.

Dans nos pays musulmans, seule une toute petite minorité, citadine en totalité, est hostile à la chasse. Rien d'étonnant à cela. La plus grande partie de la population, même urbaine, est restée étroitement liée à ses racines rurales. La société accepte aussi bien l'acte de tuer à la chasse que celui de tuer poulet, lapin ou mouton pour le consommer. La fête de l'Aïd qui consiste à égorger un mouton pour commémorer le sacrifice d'Abraham est un jour de joie et d'allégresse pour les adultes comme pour les enfants.

Mais quelle sera cette vision de la mort avec l'urbanisation et les modes de consommation à l'occidentale qui font des pas de géant dans tous les pays du tiers monde ? Dans de nombreux pays en voie de développement où le braconnage constitue encore un moyen « d'améliorer l'ordinaire », on se demande si les mouvements écologiques et les prises de position contre la chasse ne sont pas le luxe de ceux qui se sont débarrassés des préoccupations primaires de survie.

*Moulay Youssef Alaoui est professeur de cynégétique et de gestion de la faune sauvage à l'École des Ingénieurs des Eaux et Forêts de Rabat et ancien directeur de la Chasse et de la Protection de la Nature au ministère des Eaux et Forêts.*

# *ANNEXES*

# Le Conseil International de la Chasse et de la Conservation du Gibier (CIC)

Le Conseil International de la Chasse a été fondé en 1930 à Paris avec l'appui des plus hautes autorités de l'État et le patronage du président de la République. C'est un Français, Maxime Ducrocq, président du Saint-Hubert Club de France, association reconnue d'utilité publique, qui en a été le promoteur et le premier président. Associé à un petit groupe de chasseurs reconnus dans vingt-huit pays, il a fondé cette association pour préserver l'avenir de la chasse qui, pensait-il déjà, dépendait d'une utilisation rationnelle et d'une protection efficace de la faune et de son habitat. Il percevait que les échanges d'expérience ainsi qu'une réflexion concertée éviteraient des efforts inutiles tout en permettant de progresser dans la gestion de la cynégétique.

Depuis, le CIC est resté fidèle à cette idée fondatrice et constitue un organe du Conseil supranational, support des autorités nationales et des gestionnaires de terrain.

La stratégie de protection de la nature intègre une utilisation durable des produits de la faune sauvage et sa conservation. De nombreuses lois et conventions soutiennent ces principes, car l'avenir de la chasse dépend de l'efficacité de ces contrats et de la participation des chasseurs au soutien de ces programmes d'action. Le Conseil International de la Chasse et de la Conservation du Gibier (*International*

*Council for Game and Wildlife Conservation*) est l'héritier d'une éthique de chasse et le garant de la sauvegarde du patrimoine naturel vis-à-vis des générations futures. Il compte parmi ses membres des chasseurs, des scientifiques et des amis de la faune sauvage qui se distinguent par l'étendue de leurs connaissances techniques et par leur engagement en faveur de la sauvegarde du gibier et du maintien d'une certaine pratique de la chasse.

Le CIC est aujourd'hui une organisation internationale non gouvernementale (ONG) apolitique. Des personnalités, des associations, des organismes publics constituent l'ensemble de ses membres. Il est une entité unique dans sa diversité : les représentants nationaux, les responsables de la chasse, les experts scientifiques ainsi que ses membres individuels forment un « forum » exceptionnel pour traiter de tous les sujets qui se rapportent à la chasse, à la gestion de la faune et à la conservation de la nature.

La force du CIC réside dans sa structure fédérative et ses commissions thématiques qui permettent d'approfondir les études scientifiques sur chaque espèce de gibier ou le caractère fortement régional de certaines traditions cynégétiques.

Préalablement à son admission, chaque nouveau membre doit affirmer son adhésion « aux principes fondamentaux du CIC » qui expriment le respect d'une certaine éthique de la chasse et de la conservation de la vie sauvage.

À ce jour, le CIC a pu intervenir et apporter son aide dans soixante-dix-huit pays. Il existe des délégations dans tous les pays d'Europe, dans plusieurs pays africains, en Amérique du Nord et dans différents pays d'Amérique latine, du Moyen-Orient et d'Asie.

Le CIC entretient des relations avec la quasi-totalité des autres pays du monde. Ce ne sont pas seulement les espèces migratrices qui entraînent la nécessité d'une collaboration entre pays pour la protection de la faune sauvage et de ses habitats. L'application des conventions internationales pour la protection de la nature et l'ébauche d'une harmonisation des législations cynégétiques dans les différents États sont aussi la raison d'être d'une organisation internationale comme le CIC qui représente la communauté cynégétique auprès des organismes intergouvernementaux s'occupant de la protection de la nature et du maintien de la vie sauvage.

Fondé par des Français, ayant son siège à Paris, le CIC est une association internationale dont les langues officielles sont le français, l'anglais et l'allemand. D'éminentes personnalités françaises ont joué un rôle important dans le développement du CIC : outre Maxime Ducrocq qui en a été le premier président, Claude Hettier de Boislambert (Chancelier de l'Ordre de la Libération), François Edmond-Blanc, Omor Sarraut, Michel Fourquet, Jeane Sainteny, François et Jacqueline Sommer qui créèrent à Paris la Fondation de la Maison de la Chasse et de la Nature, le président Valéry Giscard d'Estaing, Georges Béjot, Maxime de Coniac... et bien d'autres ont participé activement à tous ses programmes d'action.

La délégation française demeure la plus importante au sein du CIC. Elle a accueilli l'assemblée générale à Marseille puis au château de Chambord et a organisé plusieurs manifestations et colloques dans différentes régions de France (notamment à Rambouillet) suivis par de nombreux participants.

# La Fondation de la Maison de la Chasse et de la Nature

Résistant de la première heure, François Sommer (1904-1973) fut non seulement un grand industriel, mais aussi un pilote averti, un chasseur passionné, un protecteur de la nature, un mécène et un écrivain. On lui doit la création de la Fondation de la Maison de la Chasse et de la Nature, qui allait donner naissance à son musée, à son club et à son parc de Bel-Val, dans les Ardennes.

C'est auprès de son père, l'un des pionniers de l'aviation, que François Sommer va découvrir l'aventure. Il lui succède en 1953 à la tête de la manufacture de feutres de Mouzon, fondée en 1807, petite industrie qu'il va rapidement développer pour en faire la première entreprise mondiale de revêtements de sol : le groupe Sommer qui deviendra Sommer-Allibert. Avec son épouse, Jacqueline, il consacre le reste de son temps, mais aussi son énergie et sa fortune, à son autre passion, la chasse.

En 1967, la Fondation qu'il a créée lui permet d'ouvrir le musée de la Chasse et de la Nature. François et Jacqueline Sommer acquièrent en effet les œuvres et objets d'art qui vont illustrer leur passion. Ce musée a, depuis 2003, le statut de « musée de France ». Ses collections se répartissent en deux lieux d'exposition : l'hôtel de Guénégaud, siège de la Fondation, mais aussi, depuis 1971, le château de Chambord, en souvenir de la vocation initiale de cet édifice, prestigieux rendez-vous de chasse édifié à l'initiative de François Ier. La Fondation ouvrira au cours de l'année 2006 une importante extension dans l'hôtel de Mongelas, datant de 1705, et mitoyen de l'hôtel de Guénégaud des Brosses, pour présenter un nouveau parcours muséographique et se doter d'un auditorium.

Près de Mouzon, berceau de la famille Sommer, sur les premiers contreforts des Ardennes où chassait Charlemagne, un parc de sept cents hectares, Bel-Val, abrite la plupart des espèces de la faune sauvage d'Europe dans son milieu naturel. Cerfs, daims, chevreuils, sangliers, mouflons se partagent forêts de hêtres et de chênes séculaires. Chercheurs et stagiaires y retrouvent la sérénité de la vie sauvage, héritage des moines cisterciens, créateurs de Bel-Val.

Le club de la Maison de la Chasse est un univers à part comme l'ont voulu ses fondateurs. François et Jacqueline Sommer ont choisi, avec André Malraux, cet hôtel particulier construit par Mansart en 1651 pour y abriter à la fois la Fondation, le musée et le club. Celui-ci a été décoré par Jacqueline Sommer en 1967 dans l'esprit qui prévaut également au musée : en faire un cabinet d'amateur du XVIIIe siècle et un lieu d'exception. L'architecture, la diversité et l'authenticité des objets créent la qualité du décor. Le club offre ainsi à ses membres une ambiance qui allie art, culture, cynégétique et gastronomie.

La Fondation de la Maison de la Chasse et de la Nature, qui réunit le Club et le Musée ainsi que le parc de Bel-Val, est présidée par Christian de Longevialle ; son directeur est Jacques-François de Chaunac-Lanzac. Le Club est présidé par Gérald de Roquemaurel. Claude d'Anthenaise est le conservateur en chef du musée, et Charles de Gevigney le directeur de Bel-Val.

*Cet ouvrage a été réalisé par la*
*SOCIÉTÉ NOUVELLE FIRMIN-DIDOT*
*Mesnil-sur-l'Estrée*
*pour le compte des Éditions de La Table Ronde*
*en mai 2005.*

Dépôt légal : mai 2005.
N° d'édition : 136948.
N° d'impression : 73492.

*Imprimé en France.*